Nos années
GRAND ÉCHIQUIER

DIRECTION ÉDITORIALE
Emmanuel Clerc – Guillaume Robert

DIRECTION ARTISTIQUE
Claude-Olivier Four – Audrey Sednaoui

DIRECTION DE LA PHOTOGRAPHIE
Véronique Clavier – Lydie Essayan – Valérie Souksamran

SERVICE DES ARCHIVES ÉCRITES
Agnès de Lens – Pia Roussel

RELECTURES
Rafaelle Benichou – Augustin Théry

DOCUMENTATION
Amélie Briand-Le Jeune – Stéphane Leider

FABRICATION
Louisa Hanifi – Manon Pouch

PHOTOGRAVURE
Atelier Frédéric Claudel, Paris

ISBN : 978-2-08-049852-6

Nos années
GRAND ÉCHIQUIER
JACQUES CHANCEL EN DIRECT ET EN PUBLIC

Flammarion ina

AVANT-PROPOS

Remonter le temps

PAR MARTINE CHANCEL

Des photos de plateau inédites retrouvées à l'INA : on ne peut que remonter le fil de l'histoire, vers un temps où la télévision était un artisanat et où chaque émission avait été créée et ciselée avec originalité, richesse et convivialité, autour d'un personnage qui apportait, lui aussi, sa moisson de pépites. Une pléiade de personnalités, une farandole de talents, des noms plus prestigieux les uns que les autres... Une cène savamment composée d'artistes, d'intellectuels, d'inconnus en devenir. Une scène d'une immense diversité : rois, dames, fous, cavaliers se rencontrent pour émerger dans la lumière.

Grâce aux cahiers de travail de Jacques conservés par l'INA, nous avons pu enrichir ces photos de commentaires, de réflexions, d'annotations, d'échanges... Un terreau pour s'approcher de la création, puis de la réalisation de ces spectacles en direct, sans filet, d'une diversité inouïe.

Travail d'orfèvre, travail d'équipe, mais surtout talent et passion de Jacques Chancel qui a su si bien incarner son *Grand Échiquier* et le faire vivre chaque mois, dix-huit ans durant.

Préparatifs de l'émission au palais Garnier du 28 décembre 1978.

Double-page précédente : émission « Jean-Loup Dabadie, enfant prodige », le 25 décembre 1980. Au premier rang, de gauche à droite : Bertrand Poirot-Delpech, Jacques Chancel, Guy Bedos et Jean-Loup Dabadie. Au deuxième rang : Jacques Villeret et Isabelle Adjani, déjà invitée à seize ans pour son interprétation d'Agnès dans *L'École des femmes*.

PRÉFACE

Autoportrait des autres

PAR FLORIAN ZELLER

J'ai rencontré Jacques Chancel en 2008. À l'époque, étant d'une autre génération, je ne savais presque rien de ce qu'il avait accompli. C'est parce que cet homme m'a séduit par sa lumière particulière, par sa grâce et son intelligence, que je me suis intéressé à ce qu'il avait fait des années auparavant : *Le Grand Échiquier*, *Radioscopie*... En ce sens, j'ai suivi le chemin inverse de la plupart des gens qui l'ont aimé. Cela m'a permis de constater qu'il n'avait jamais cessé d'être lui-même : un homme entièrement tourné vers les autres. Dans la vie comme sur un plateau, il était animé par le désir de comprendre plus que de juger, par une curiosité intellectuelle inextinguible, par un goût de la découverte, de l'aventure et de l'inconnu. Et peut-être par un espoir : celui de trouver chez son interlocuteur des réponses aux questions qu'il se posait secrètement lui-même. S'en dégageait une impression de grande sincérité. Et une profondeur inattendue. Il avait le plus grand des talents, celui de savoir admirer les autres. « Je plains, disait-il souvent, ceux qui ne savent pas admirer, car ils se privent d'un grand bonheur. » Ce bonheur était une élévation. Pour lui comme pour nous. Il laissait la place aux autres ; mais à force de les écouter, de les confesser, d'explorer à travers eux les mystères de la création, et donc de l'existence, c'est bien son propre visage qui apparaissait. Comme si la somme de toutes ses interviews dessinait peu à peu une esquisse de son être, qu'en révélant les autres il s'était révélé lui-même, et qu'il n'avait eu de cesse, pourrait-on dire, de composer un magnifique « autoportrait des autres ».

Les danseurs de l'Opéra de Paris dans les coulisses de l'émission qui leur est consacrée, le 23 mai 1983.

15

PRÉFACE

La musique pour viatique

PAR RENAUD CAPUÇON

Jacques Chancel aimait la musique et il savait comme personne la faire aimer d'un large public. Il était aussi à l'aise avec Karajan qu'avec Brassens, avec Menuhin qu'avec Béjart, avec Rubinstein qu'avec la Callas. Son secret ? D'abord, sa curiosité insatiable des autres. Et puis cette facilité à parler de la musique et de ses interprètes avec un naturel déconcertant.

Avec lui, les téléspectateurs se sentaient en confiance. Ils étaient en terrain connu, en terre amie et Jacques savait faire se mêler des univers avec une insolente facilité. On passait d'un morceau de jazz joué par Grappelli au finale d'un quatuor de Brahms joué par quatre jeunes pousses, puis à une discussion autour de danseurs étoiles de l'Opéra de Paris. On voyageait à Jérusalem pour un numéro spécial. Puis on était à Évian autour de Rostropovitch et de ses amis Stern et Rampal. Avec Jacques Chancel, on vivait des moments d'histoire, l'air de rien, assis devant son poste de télé. On était face à la beauté de la musique, à l'échange, enflammé parfois mais toujours passionnant.

C'est une époque bénie que celle du *Grand Échiquier*. Combien y ont entendu pour la première fois un air de Bach, un concerto de Mozart ou une chanson de Ferré ? Je suis si heureux d'avoir fait partie de ceux-là quand j'avais sept ou huit ans, d'avoir eu la chance et le privilège, trente années plus tard, d'être l'ami de cet homme aux mille facettes. Alors, à nous d'imaginer comment faire naître à nouveau une autre grande soirée de musique et de rencontres, celle que Chancel aurait pu nous aider à réaliser. Ce serait le plus bel hommage que l'on puisse lui rendre.

Émission « Serge Baudo et l'Orchestre de Lyon », le 25 juin 1981.

Joan Baez

12 DÉCEMBRE 1973

Invités : Joan Baez, Aldo Ciccolini, Jean-Loup Dabadie, Jules Dassin, Jean Dorst, Maxime Le Forestier, Melina Mercouri.

Avec la participation de : Claude Bolling, Jacques Debronckart, Jean Desailly, Paco Ibañez, Christian Ivaldi, Emmanuel Krivine, Pierre Rabbath, Jean-Pierre Rampal, Yves Robert, Jean Rochefort, Toots Thielemans, Simone Valère, Dionne Warwick.

Paco Ibañez
et Joan Baez.

Joan Baez.

Maxime Le Forestier.

Aldo Ciccolini.

Emmanuel Krivine.

Simone Valère. Jean-Loup Dabadie. Jean Rochefort.

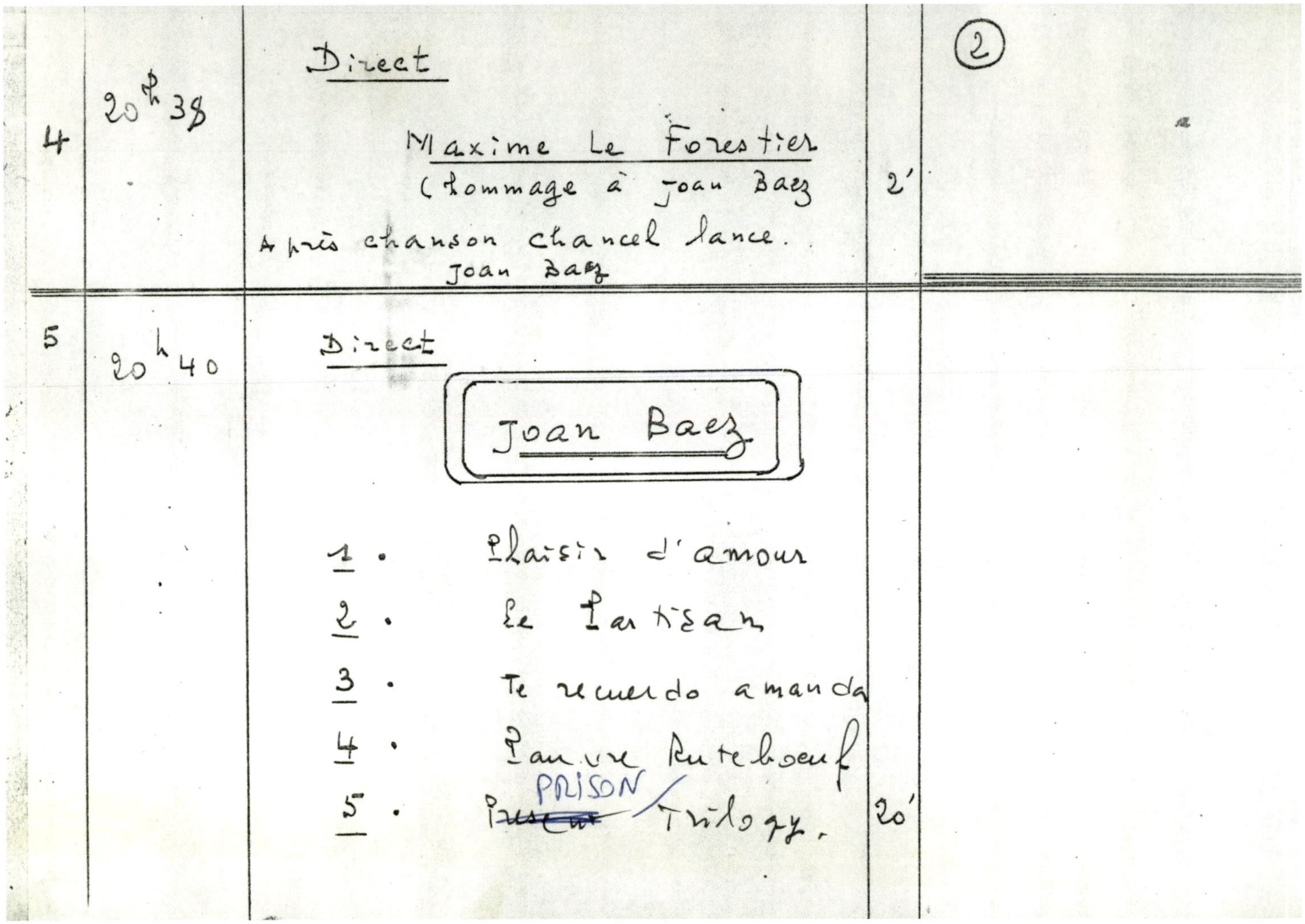

4	20h38	Direct Maxime Le Forestier (hommage à Joan Baez Après chanson Chancel lance. Joan Baez	2'	(2)
5	20h40	Direct Joan Baez 1. Plaisir d'amour 2. Le Partisan 3. Te recuerdo amanda 4. Pauvre Ruteboeuf 5. ~~Prisoner~~ PRISON Trilogy.	20'	

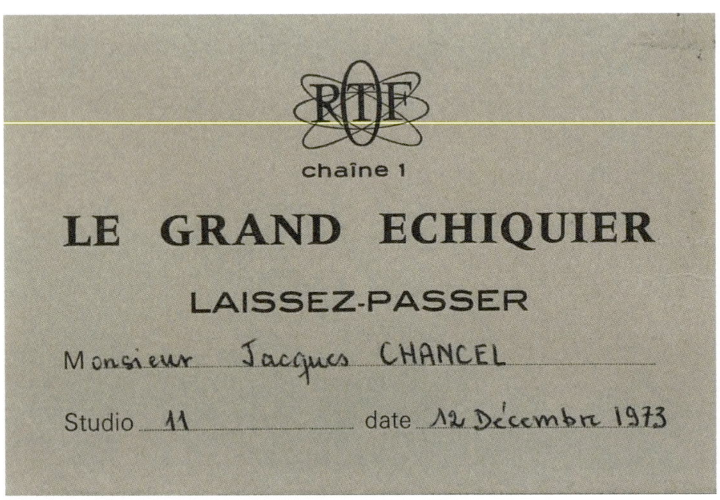

ORTF
chaîne 1
LE GRAND ECHIQUIER
LAISSEZ-PASSER
Monsieur Jacques CHANCEL
Studio 11 date 12 Décembre 1973

Le déroulé de chaque émission est décrit en détail dans un « conducteur » comme celui-ci, précisément minuté par Jacques Chancel. Des rubriques pouvaient être annulées si les échanges prenaient du retard.

Un laissez-passer de l'ORTF.

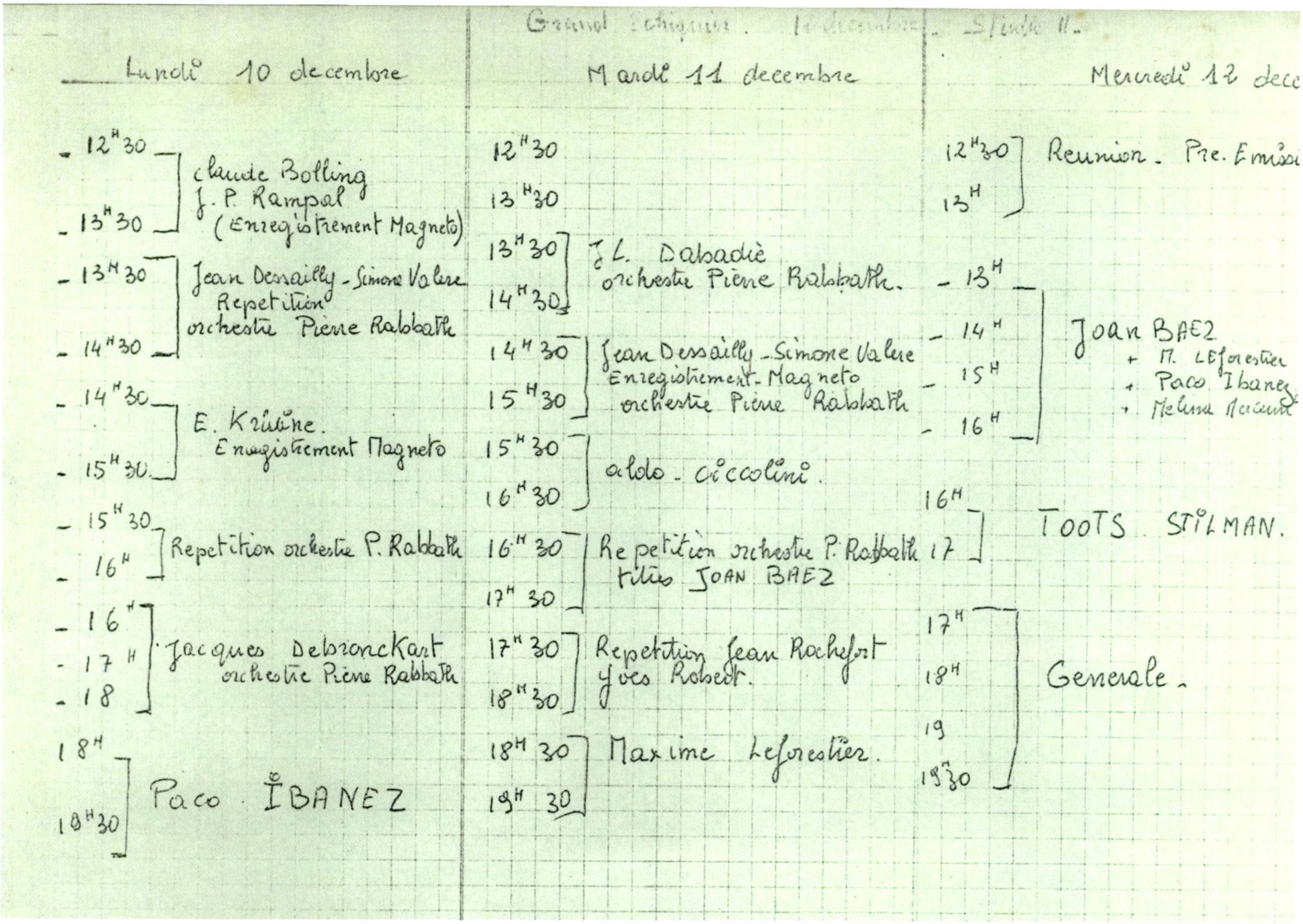

Grand Echiquier. 10 decembre. Studio 11.

Lundi 10 decembre

- 12H30 – 13H30 : Claude Bolling, J. P. Rampal (Enregistrement Magneto)
- 13H30 – 14H30 : Jean Desailly - Simone Valere, Repetition, orchestre Pierre Rabbath
- 14H30 – 15H30 : E. Krivine. Enregistrement Magneto
- 15H30 – 16H : Repetition orchestre P. Rabbath
- 16H – 17H – 18 : Jacques Debronckart, orchestre Pierre Rabbath
- 18H – 18H30 : Paco IBANEZ

Mardi 11 decembre

- 12H30 – 13H30
- 13H30 – 14H30 : J. L. Dabadie, orchestre Pierre Rabbath.
- 14H30 – 15H30 : Jean Desailly - Simone Valere, Enregistrement Magneto, orchestre Pierre Rabbath
- 15H30 – 16H30 : aldo. Ciccolini.
- 16H30 – 17H30 : Repetition orchestre P. Rabbath titres JOAN BAEZ
- 17H30 – 18H30 : Repetition Jean Rochefort, Yves Robert.
- 18H30 – 19H30 : Maxime Leforestier.

Mercredi 12 dec[embre]

- 12H30 – 13H : Reunion. Pre. Emissi[on]
- 13H – 14H – 15H – 16H : JOAN BAEZ + M. Leforestier + Paco Ibanez + Meline Mercouri
- 16H – 17 : TOOTS STILMAN.
- 17H – 18H – 19 – 19H30 : Generale.

Trois jours de répétitions pour trois heures de direct : planning préparé par l'assistante de Jacques Chancel, Liliane Bordoni.

Les Couleurs du temps : Guy Béart

13 MARS 1974

Invités : Yvan Audouard, Jean-Christophe Averty, Philippe Avron et Claude Evrard, Guy Béart, Jean Bernard, André Brien, Zizi Jeanmaire, Françoise Mallet-Joris, Silvia Monfort, Nadia Nadejdine, Roland Petit, Jacques Sadoul, Claude Vorilhon dit Raël.

Avec la participation de : Loipa Araújo, Rudy Bryans, La Campanella, Alberto Ponce, Pierre Rabbath, le Ballet Beriozka.

« D'un poète à l'autre. Après Georges Brassens, voici Guy Béart. Enchaînement de deux styles de chansons, d'une même qualité. Guy Béart, depuis l'heureuse époque de *La Colombe*, conjugue le temps au passé, au présent, au futur. Il est à sa manière l'un des chroniqueurs de cette fin du XXe siècle.

Avec Guy Béart, cette nouvelle soirée du *Grand Échiquier* sera consacrée aux couleurs du temps. »

Guy Béart et Zizi Jeanmaire.

Zizi Jeanmaire.

Le Ballet Beriozka.

Philippe Avron
et Claude Evrard.

Guy Béart.

NOTE POUR "LE GRAND ECHIQUIER" SPECIAL BEART

Thème: les couleurs du temps, chansons d'aujourd'hui. "Le baladin des temps modernes" titrent les journaux. "Guy Béart est un dynamiteur de charme"(Yvan Audouard).

Dix à douze chansons surtout axées sur notre temps, donc beaucoup de chansons nouvelles, les grands succès étant rappelés soit par l'orchestre de Rabbath, pendant que l'on parle, soit par les vedettes invitées: Zizi Jeanmaire, Jeanne Moreau etc... Dick Rivers est d'accord pour chanter "L'EAU VIVE" et "LES GRANDS PRINCIPES" (L'EAU VIVE à la guitare et LES GRANDS PRINCIPES en rock and roll). Pour confirmation, le joindre au 255 41.33.

Nous sommes inquiets pour la séquence JEAN PIAT, à cause du lien à trouver.

Parmi les révélations, on nous recommande BERNARD SAUVAT, GIL OLIVIER,MONIQUE PIANEA. Quel est le style de CLAUDE REVAT ?

Trouver un lien avec ROLAND PETIT, le lien véritable étant que c'est lui qui a choisi les premières chansons de ZIZI JEANMAIRE qui étaient des chansons de GUY BEART. Cela dit, pourrait-il danser sur un thème du temps présent ou sur l'une des chansons de GUY BEART ?

Le groupe CAMPENELLA de Bordeaux va entrer en contact avec GUY BEART pour choisir une de ses chansons.

x "L'AUTOROUTE EN BOIS"

GUY BEART chantera les nouvelles chansons: "LES COULEURS DU TEMPS" "LES PROVERBES D'AUJOURD'HUI"x "LE COEUR EN MIETTES" "LO PAPEL"(satire sur la bureaucratie) "C'EST APRES QUE CA SE PASSE" "PARODIE" "LES TEMPS SONT DOUX" "ALPHABET"(La guerre).

et ~~parmi~~ choisira les anciens titres : "ALLO TU M'ENTENDS" "BAL CHEZ TEMPOREL" "CHAHUT-BAHUT" "CHANDERNAGOR" "LE CHAPEAU" "LA VERITE" "LES SOULIERS" "SUEZ" "LES ENFANTS SUR LA LUNE" "L'ESPERANCE FOLLE" "LE GRAND CHAMBARDEMENT" "IL N'Y A PLUS D'APRES" "QUI SUIS-JE ".

JEANNE MOREAU chantera "VOUS" "COULEURS VOUS ETES DES LARMES".

ZIZI JEANMAIRE "QU'ON EST BIEN" "IL Y A PLUS D'UN AN".

DICK RIVERS "L'EAU VIVE" "LES GRANDS PRINCIPES".

Note de travail interne pour l'émission.

Lionel Hampton

25 SEPTEMBRE 1975

Invités : Jean-Louis Barrault, Harry Belafonte, Raymond Devos, Pierre Étaix, Jacques Fabbri, Annie Fratellini, Marcel Marceau, Jacques Monestier, Haroun Tazieff.

Avec la participation de : Joseph Capolongo, Hubert Degex, Christiane Eda-Pierre, Juliette Gréco, Lionel Hampton, Les Frères Jacques, Gérard Jouannest, Emmanuel Krivine, Frédéric Lodéon, Paco de Lucía, Pepe de Lucía, Noel Morales, Pierre Pontier, Pierre Rabbath, Charles Verstraete, Gus Wallez.

Lionel Hampton.

sunn

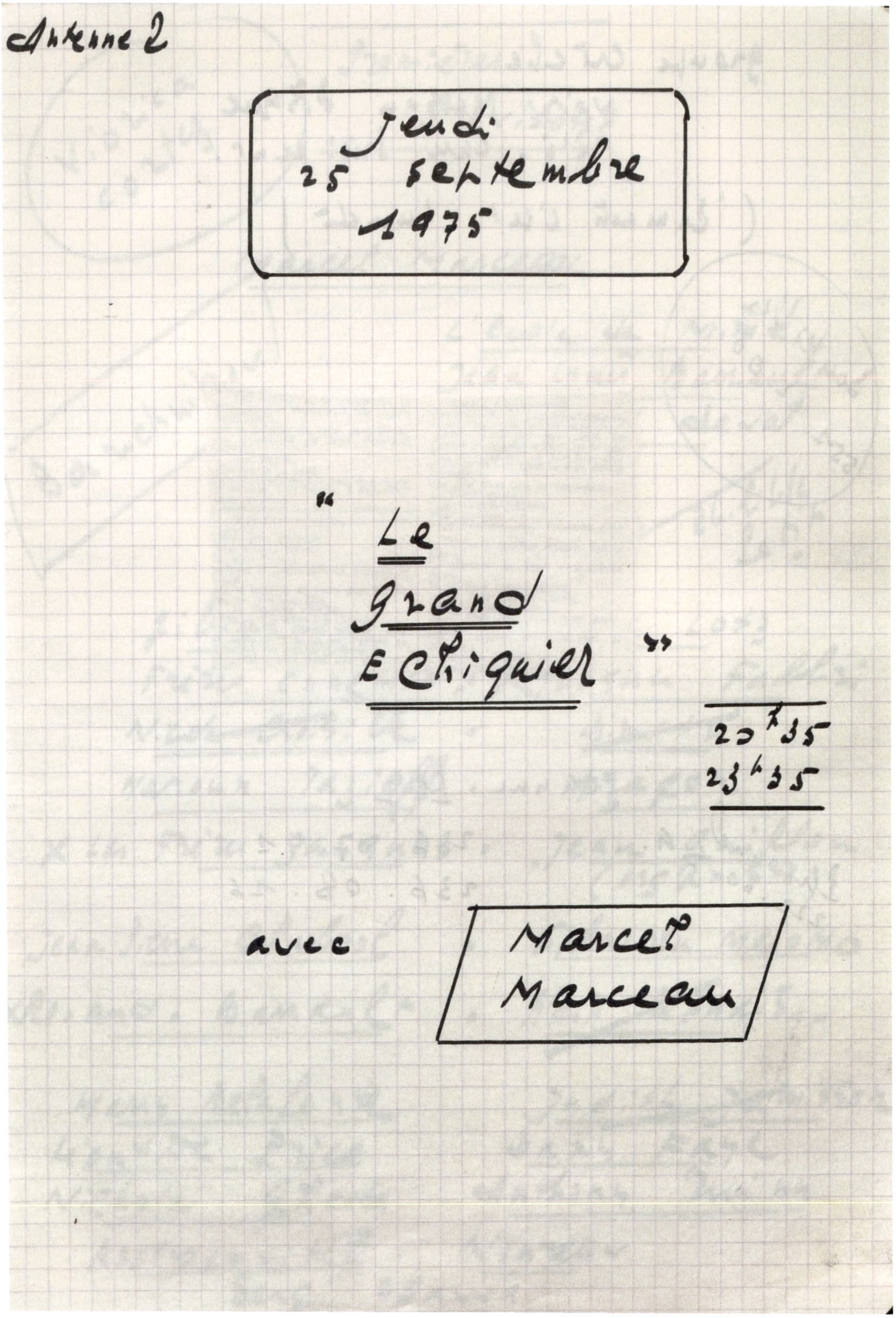

Antenne 2

Jeudi
25 septembre
1975

« Le
Grand
Echiquier »

20h35
23h35

avec Marcel
Marceau

Page de garde d'un des deux cent seize cahiers de travail de Jacques Chancel, un par émission. Tous se présentent de façon identique, au format A4.

Le conducteur de la bande-annonce de l'émission.

Texte sur l'émission, de la main de Jacques Chancel.

BANDE - ANNONCE

IMAGE	TEXTE
Frères Jacques	Jeudi, à 20 H 30, sur Antenne 2, les FRERES JACQUES accompagneront le voyage d'un soir de MARCEL MARCEAU, cet homme du silence, du geste, que l'on croit venu d'un rêve, tombé d'une planète...
MARCEL MARCEAU "Je ne suis pas tombé d'une planète..."	
	Marcel Marceau est l'invité de Jacques Chancel pour ce "Grand Echiquier" de Septembre.
MARCEL MARCEAU "Je pense qu'il faut s'inventer..."	
	Avec Marcel Marceau, ce Jeudi 25 Septembre, de 20 H 30 à 23 H 30, vous saurez accueillir HARRY BELAFONTE pour un soir à Paris, JEAN-LOUIS BARRAULT, JACQUES FABBRI, RAYMOND DEVOS, JULIETTE GRECO
JULIETTE GRECO chante...	
	Marcel Marceau estime que les mots sont trop dangereux, trop figés, trop définitifs, mais il sait en jouer et il aime à écouter, à entendre des voix... Celle de CHRISTIANE EDA-PIERRE plus particulièrement.

CHRISTIANE EDA-PIERRE	
	Au cours de cette soirée, de nombreux artistes viendront vous surprendre... Parmi ceux-là... le violoniste Emmanuel Krivine, le violoncelliste Frédéric Lodéon, le pianiste Pierre Pontier
TRIO KRIVINE	
	Retenez votre soirée du 25 Septembre sur Antenne 2... MARCEL MARCEAU vous donne rendez-vous, en direct, sur le plateau du "Grand Echiquier". Réalisation : André FLEDERICK
Image MARCEL MARCEAU	

(3)

Vingt huit ans se sont écoulés depuis la naissance de Bip au Théâtre de Poche.

A travers ces 28 années Bip s'est mêlé aux hommes de toutes races, religions, nations, son âme ne connaît pas de frontières.

Le rire et l'émotion étant le propre de l'homme Bip porte en lui une partie de nos vies antérieures, présentes et à venir.

Ainsi pense Marceau. Et Bip exhale son cri silencieux.

(4)

" L'apparition de Bip, dit Marceau, reste ma profession de foi dans ce monde émouvant et mystérieux qui est celui du silence "

Au cours de ce "Grand Echiquier" qui lui est consacré Marcel Marceau présentera les mimes qui sont les vrais itinéraires de sa vie. Certains sont totalement inédits.

On verra le Marceau de vingt ans dans "La bague" d'Alain Resnais, le Marceau à la tête

Jerry Lewis

27 MAI 1976

Invités : Salvatore Adamo, Leonard Cohen, Raymond Devos, Christian Duvaleix, Odette Laure, Marcel Marceau, Charles Trenet, Stanislas Vigerie.

Avec la participation de : Cheryl Barnes, André Bernard, Laura Branigan, Éric Davoust, Raphaël Faÿs, Gilbert Grenier, Daniel Laloux, Jerry Lewis, Jacques Perrot, Roger Pouly, Pierre Rabbath, Raoul Thiebault, Charles Verstraete, l'École de musique de Saint-Rémy-lès-Chevreuse.

Le sketch de Jerry Lewis.

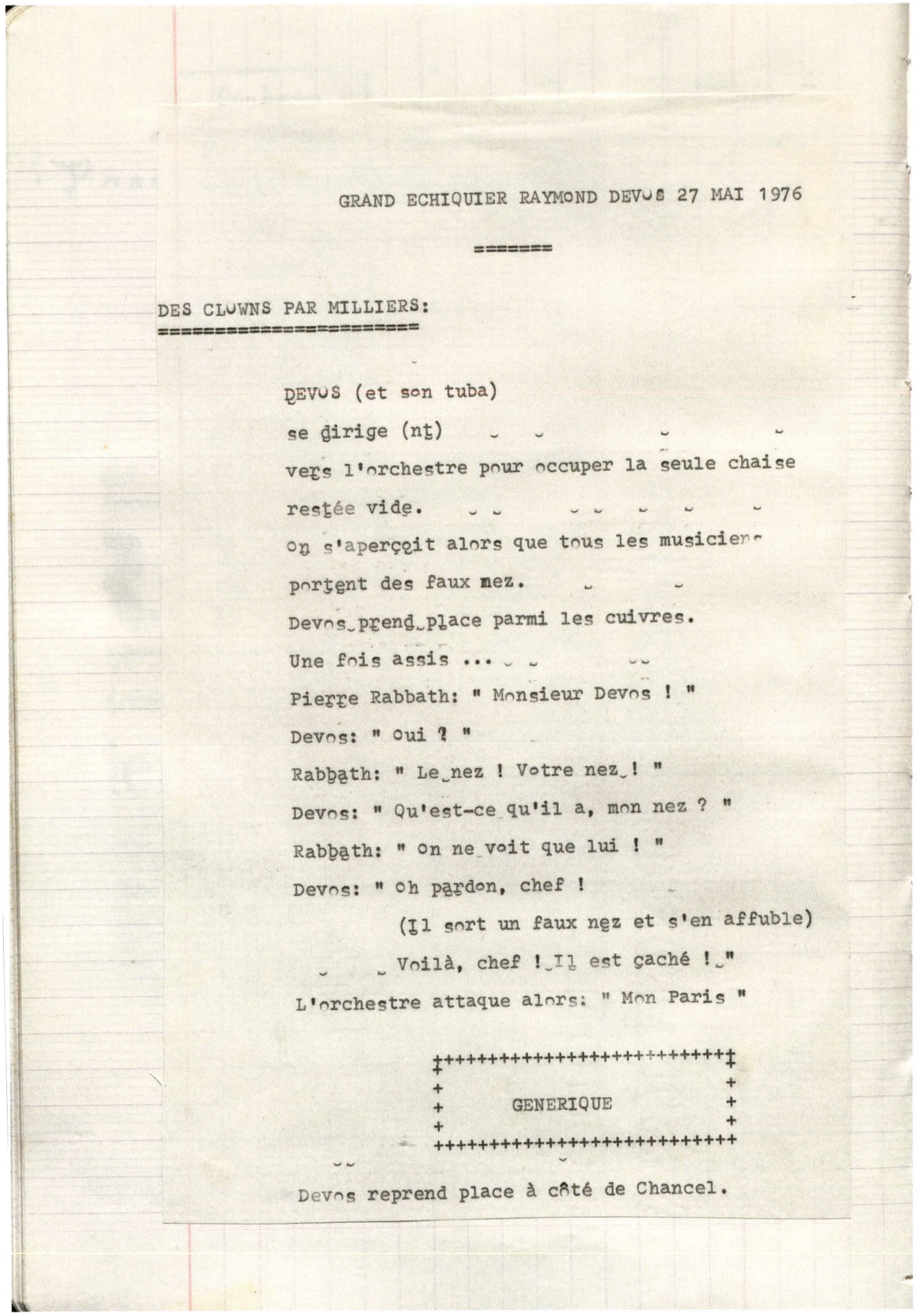
GRAND ECHIQUIER RAYMOND DEVOS 27 MAI 1976

=======

DES CLOWNS PAR MILLIERS:

DEVOS (et son tuba)

se dirige (nt)

vers l'orchestre pour occuper la seule chaise

restée vide.

on s'aperçoit alors que tous les musiciens

portent des faux nez.

Devos prend place parmi les cuivres.

Une fois assis ...

Pierre Rabbath: " Monsieur Devos ! "

Devos: " Oui ? "

Rabbath: " Le nez ! Votre nez ! "

Devos: " Qu'est-ce qu'il a, mon nez ? "

Rabbath: " On ne voit que lui ! "

Devos: " Oh pardon, chef !

(Il sort un faux nez et s'en affuble)

Voilà, chef ! Il est caché ! "

L'orchestre attaque alors: " Mon Paris "

GENERIQUE

Devos reprend place à côté de Chancel.

Scénario d'un sketch
de Raymond Devos.

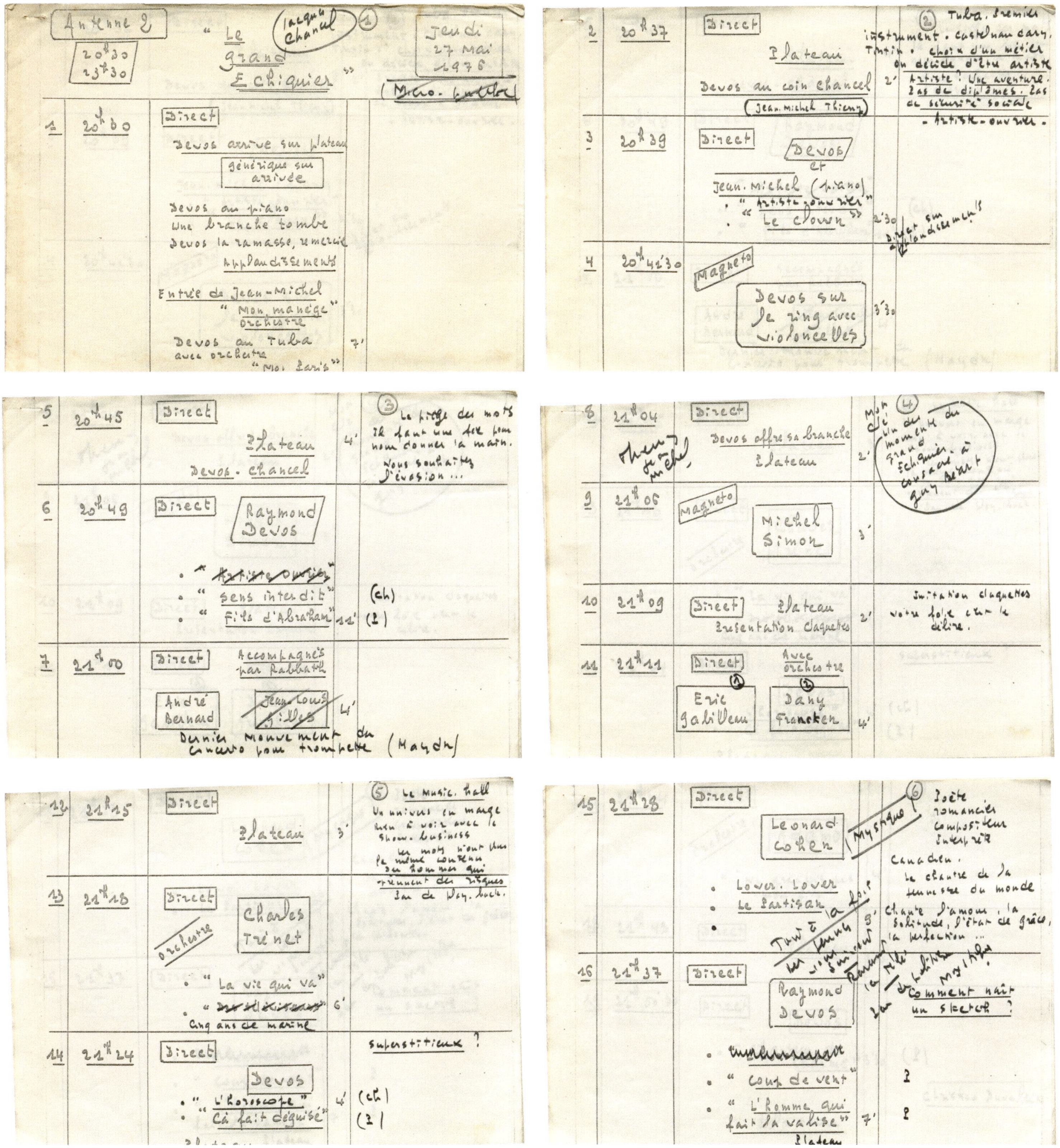

Antenne 2 — 20h30 – 23h30 — « Le grand Echiquier » — Jacques Chancel — (1) — Jeudi 27 Mai 1976

1 — 20h30 — Direct
Devos arrive sur plateau
générique sur arrivée
Devos au piano
Une branche tombe
Devos la ramasse, remercie
Applaudissements
Entrée de Jean-Michel « Mon manège » orchestre
Devos au Tuba avec orchestre « Mon Paris » — 7'

2 — 20h37 — Direct
Plateau
Devos au coin Chancel (Jean-Michel Thierry) — 2'
(2) Tuba. Premier instrument. Castelnaudary. Tintin. Choix d'un métier ou décide d'être artiste. Artiste ? Une aventure. Pas de diplômes. Pas de sécurité sociale. – Artiste-ouvrier. –

3 — 20h39 — Direct
Devos et Jean-Michel (piano)
« Artiste ouvrier »
« Le clown » — 2'30
Départ sur applaudissements

4 — 20h41'30 — Magneto
Devos sur le ring avec violoncelles — 3'30

5 — 20h45 — Direct
Plateau
Devos – Chancel — 4'
(3) Le piège des mots. Il faut une fée pour nous donner la main. Nous souhaitons l'évasion…

6 — 20h49 — Direct
Raymond Devos
• « ~~Artiste ouvrier~~ »
• « Sens interdit » (ch)
• « Fils d'Abraham » — 11' (2)

7 — 21h00 — Direct
Accompagnés par Rabbath
André Bernard — ~~Jean-Louis Gilles~~ — 4'
Dernier mouvement du concerto pour trompette (Haydn)

8 — 21h04 — Direct
Devos offre sa branche
Plateau — 2'
Thème Jean-Michel
(4) Un des moments du Grand Echiquier consacré à Guy Béart

9 — 21h06 — Magneto
Michel Simon — 3'

10 — 21h09 — Direct
Plateau
Présentation claquettes — 2'
Imitation claquettes votre folie c'est le délire.

11 — 21h11 — Direct
Avec orchestre
(1) Eric Galilleu — (2) Dany Francken — 4'

12 — 21h15 — Direct
Plateau — 3'
(5) Le Music hall. Un univers en marge. Rien à voir avec le show-business. Les mots n'ont plus le même contenu. Des hommes qui prennent des risques. [illegible]

13 — 21h18 — Direct
orchestre
Charles Trénet
• « La vie qui va »
• « ~~[illegible]~~ » Cinq ans de marine — 6'

14 — 21h24 — Direct
Devos
• « L'horoscope » (ch)
• « Ça fait déguisé » — 4' (2)
Superstitieux ?

15 — 21h28 — Direct
Leonard Cohen (Mystique)
(6) Poète romancier compositeur interprète. Canadien. Le chantre de la tristesse du monde. Chante l'amour, la solitude, l'état de grâce, la perfection…
• Lover. Lover
• Le Partisan
• — 5'
Tout à la fois

16 — 21h37 — Direct
Raymond Devos
Comment naît un sketch ?
• ~~[illegible]~~
• « Coup de vent » ?
• « L'homme qui fait sa valise » — 7' ?
Plateau

Conducteur de l'émission.

Autour de Julien Clerc

23 FÉVRIER 1978

Invités : Michel del Castillo, Robert Chapatte, Julien Clerc, Brigitte Engerer, Jean-Louis Floch, Cyrille Guimard, Claude Manceron, François Rivière, Alain Souchon, Laurent Theis, Bernard Thomas, Marius Trésor, Zouc.

Avec la participation de : Gérard Bikialo, Thierry Caens, Marc Chantereau, Gilberte Cortés, Vincent Cozzoli, Béatrice Crenne, Gérard Depardieu, George Gasquy, Jeff Gautier, Jean-Jacques Kantorow, Gérard Kawczynski, Maxime Le Forestier, Claude Le Péron, Jean-Paul Leroy, Pierre Llinares, Patrick Margueron, Patrice Mondon, Philippe Nadal, Christian Padovan, Geneviève Paris, Christian Roshem, André Sitbon, Pascal Stive, Raymond Strozik, Marc Togonal, Guy Touvron, le Grand Orchestre du Splendid, l'Orchestre de chambre Bernard Thomas.

« Il est une nécessité et une énigme. Julien Clerc est venu à un moment où l'on espérait une différence, un ton nouveau. Il s'est imposé et il a surpris. Rares sont ceux qui peuvent raconter sa voix de muezzin tombé de quelque minaret. Il appelle aux prières païennes. C'est un passager, un romantique piéton : il s'en va un jour sur la pointe des pieds, il revient le lendemain à petits pas.

Aujourd'hui, il a trente ans, il ne succède à personne, il n'a pas un héritage à transmettre. Il s'invente des entractes, glisse vers le cinéma, rêve peut-être de théâtre, imagine une mise en scène, il cherche. Son vrai métier c'est la musique mais, apparemment funambule, il tente à chaque saison d'en savoir un peu plus sur lui-même. Il faut une solide dose de folie pour se vouloir étoile de scène. Il est fou de vivre. Tourmenté et d'une certaine manière raisonnable. Pas inconscient. Pas innocent. Vivant. Pourquoi Julien Clerc ? Parce qu'il paraît irréel et qu'il nous semble en route. Vers où ? Peu importe ! Il est à un tournant. À la fois installé et fragile. »

Julien Clerc.

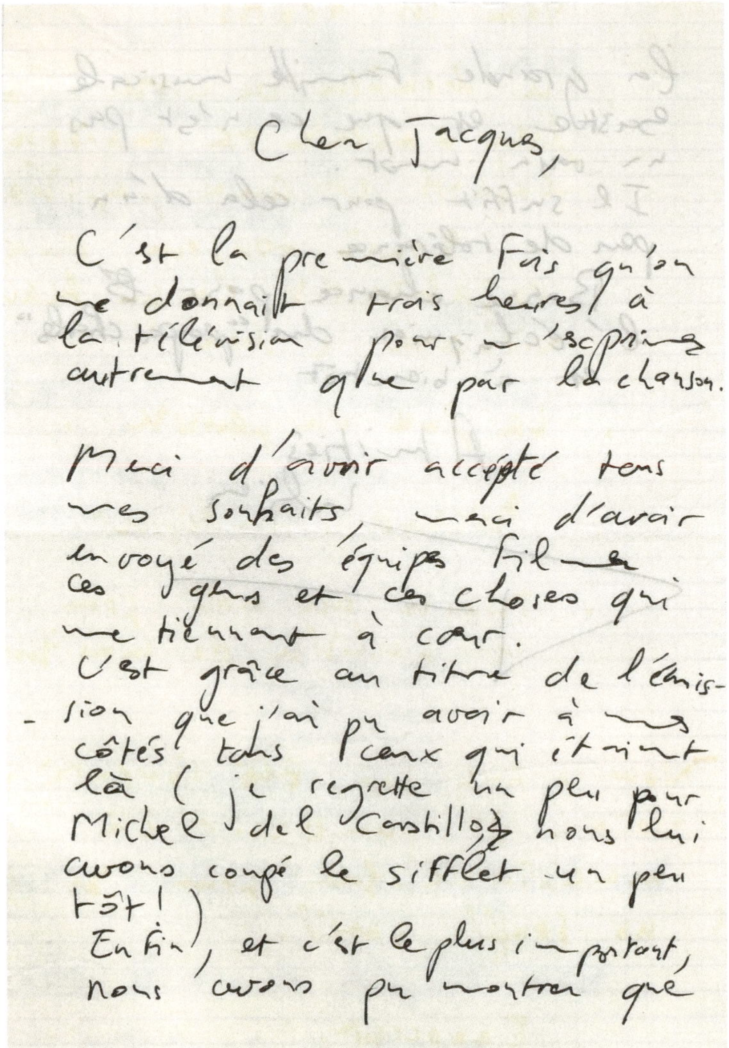

Cher Jacques,

C'st la première fois qu'on me donnait trois heures à la télévision pour m'exprimer autrement que par la chanson.

Merci d'avoir accepté tous mes souhaits, merci d'avoir envoyé des équipes filmer ces gens et ces choses qui me tiennent à cœur.
C'est grâce au titre de l'émission que j'ai pu avoir à mes côtés tous ceux qui étaient là (je regrette un peu pour Michel del Castillo, nous lui avons coupé le sifflet un peu tôt !)
Enfin, et c'est le plus important, nous avons pu montrer que

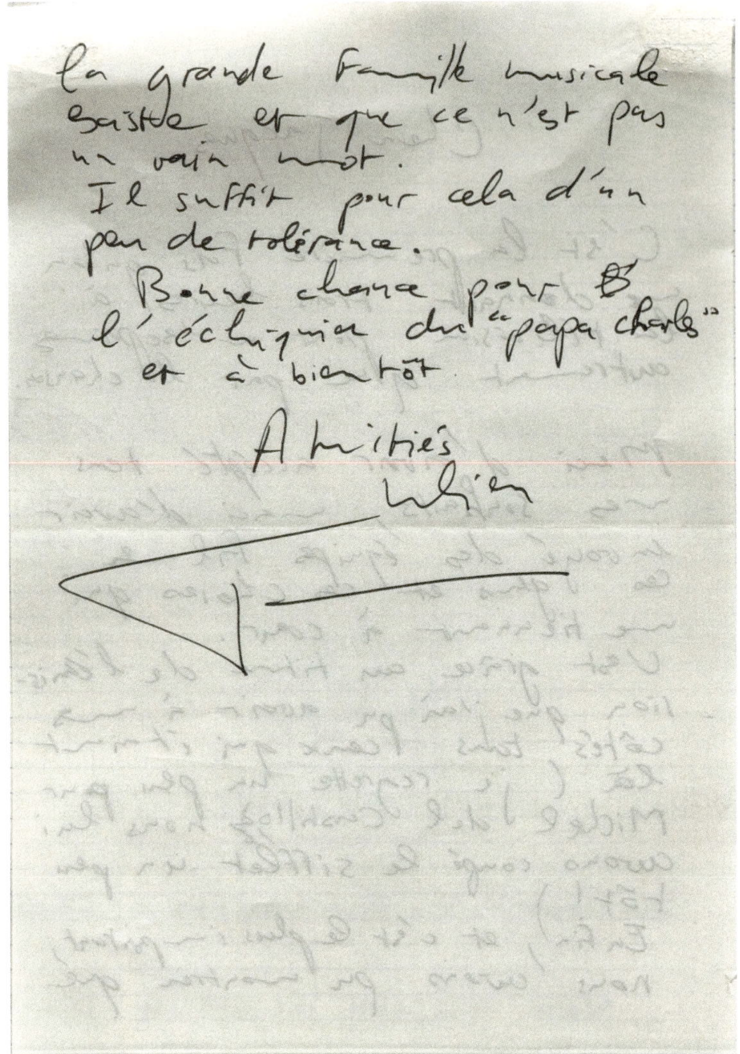

la grande famille musicale existe et que ce n'est pas un vain mot.
Il suffit pour cela d'un peu de tolérance.
Bonne chance pour l'éclipse du « papa Charles » et à bientôt

Amitiés
Julien

Lettre de Julien Clerc
à Jacques Chancel.

La réponse de Jacques Chancel.

Mon Cher Julien,

Nos heures près de toi ont été belles et magnifiquement reçues par ceux qui t'aiment, par ceux qui ne te connaissaient pas ... comme tu es.

Depuis longtemps, curieux, je posais un regard sur tes vies, je te cherchais, peut-être ai-je trouvé ? Je suis sûr de t'avoir choisi et d'en être heureux.

Je te dis, Julien, mon amitié. Si tu as un moment, prenons le temps ensemble de le gagner.

Salut

Jacques Chancel

Pierre Seghers

28 SEPTEMBRE 1978

Invités : Nadine Alari, Guy Béart, Lucien Clergue, Robert Laffont, Michael Lonsdale, Hélène Martin, Pierre Seghers, Léopold Sédar Senghor.

Avec la participation de : Béatrice Arnac, Roland Audinet, Marcel Azzola, Jacques Boulan, Jean Cohen-Solal, Jean-Philippe Collard, Jean-Claude Deblais, Serge Derrien, Jacques Douai, Augustin Dumay, Robert Escuras, Gérard Gésina, Patrick Giraud, Juliette Gréco, Gérard Jouannest, Serge Kerval, Jean-Marc Lajudie, Lino Léonardi, Claude Luter, Hyacinthe Maestracci, Quentin Martel, Daniel Mathieu, Francis Mazin, Robert Medam, Vinícius de Moraes, Monique Morelli, Fabrice Mouazan, Pierre Nicolas, Marc Ogeret, François Périer, Léo Petit, Barthélémy Raffo, Guy Roques, Jean Schultheis, Yannick Singéry, Toquinho, Daniel Zappavigna.

Monique Morelli.

Page de droite :
Robert Laffont, Michael Lonsdale, Pierre Seghers et Jacques Chancel.

Guy Béart jouant.

A l'écoute du chant profond
LA POESIE
Rhodes

Pierre Seghers

Hôtel Beaulac Neuchâtel
«l'hôtel sur l'eau»

2, quai Léopold-Robert
2000 Neuchâtel
Téléphone (038) 25 88 22
Télégramme : Beaulacotel Neuchâtel
Téléscripteur : 35 122

13 Août 1978 Suisse

Cher Jacques Chancel

"Dire ce que l'on fait, c'est le mieux faire encore". Comme vous avez raison. Il est rare qu'un artisan accepte de parler de son métier — il est sa vie — mais lorsqu'on a le talent, la [illegible] pour pouvoir le mettre en confiance, et l'écouter, quelles essentielles vérités n'approche-t-on pas. Lorsque je m'occupais personnellement des éditions, j'avais lancé la collection "L'Art de ..." Des ouvrages de 7 à 800 pages où les peintres, les musiciens, les poètes, les écrivains — et eux seuls, pas les critiques ! — parlaient de leurs métiers. Des fresques du Mont

Hôtel Beaulac Neuchâtel
«l'hôtel sur l'eau»

2, quai Léopold-Robert
2000 Neuchâtel
Téléphone (038) 25 88 22
Télégramme : Beaulacotel Neuchâtel
Téléscripteur : 35 122

Suisse

Athos à Chagall, du grégorien à Eric Satie, etc... Merveilleuses découvertes, "sommes" qui je crois justifient ce beau métier de l'édition, livres aujourd'hui, hélas, disparus, chassés par la force centrifuge dont l'axe est l'or !

Nous parlerons donc "métier", grâce à vous. Je ne vous dirai jamais assez combien je vous en remercie. Je passe 24 h à Neuchâtel, et m'en réconforte en vous écrivant, à la diable ! Il fait gris, mouettes et paletots sont gris, je repars demain pour MURS, et serai le 29 Août à Paris.

Il me tarde de travailler, sur le vif, avec vous. Poésie et chansons, la musique et la vie. Le vieil Hâfiz (il était derviche) jaillit de son tombeau, et danse de joie ! Tout paraît bien se présenter, le contact a été bon avec vos collaborateurs (merveilleux, charmants), et ça me fait du bien de vous avoir écrit !

A bientôt, très amicalement P.S.

Lettre de Pierre Seghers à Jacques Chancel.

Texte de Pierre Seghers, *Que la vie vous soit belle...*, récité dans l'émission par Michael Lonsdale.

Michel LONSDALE

QUE LA VIE VOUS SOIT BELLE...

Que la vie vous soit belle et heureuse vacance
Un terrain vague sans orties, l'oubli du temps sur un bon lot
Une gare désaffectée abandonnée parmi les roses
et l'univers clos des abeilles dans la frugalité du vent.

Qu'elle vous soit douce colline ou steppe immense sans vipères
d'où le geai bleu s'envole et part, il vous a pris pour un chasseur
alors que vous passiez, un trieur de lumières
dans un sable à verriers plus blanc que votre coeur.

Que la vie vous soit douce et paisible vacance
Qu'à la tête de votre lit, une oreille qui entend tout
n'enregistre pas votre souffle, ne dessine pas, de votre âme
les mystérieux tracés, courbes du soupçon fou.

Que le buisson vous soit propice, que les yeux de silex qui passent
ne vous découvrent pas, que l'implacable aille plus loin
Il règle et corrompt tout et par lui, le malheur arrive
A votre ombre, pren ez bien garde, on vous l'arrachera partout.

Dans les gisants enchevêtrés, la coulée d'un fleuve de pierres
Dans la morsure du burin rayant le cuivre du moment
que votre image soit brouillée, brouillées vos traces, vos paroles
pour que l'épair de votre vie garde son chiffre inviolé

Et que vos mains ne tremblent pas, le mot se lit en filigrane...

Pierre SEGHERS

L'Opéra de Paris

28 DÉCEMBRE 1978

Invités : Gabriel Bacquier, Claude Bessy, Mirella Freni, Nicolaï Ghiaurov, Rolf Liebermann, Giorgio Strehler.

Avec la participation de : Irène Aïtoff, Cyril Atanassoff, Patrice Bart, Jane Berbié, Sylvain Cambreling, Florence Clerc, Patrick Dupond, Dominique Khalfouni, Jean-Pierre Lafon, Les Ménestriers, Leontyne Price, Nello Santi, Suzanne Sarroca, Michel Sénéchal, Jocelyne Taillon, Alain Vanzo, le Ballet de l'Opéra de Paris, les Chœurs de l'Opéra de Paris, l'Orchestre de l'Opéra de Paris.

« Voici enfin réalisé l'un de nos désirs les plus chers : vous accueillir à l'Opéra de Paris. Il nous fallait l'accord de tous, de l'administrateur général et des machinistes, des musiciens, des danseurs, des chanteurs, des différents corps de métier. Mille deux cents personnes à convaincre de notre bonne volonté de montrer cette grande maison sous ses multiples facettes, sans prétendre en faire l'histoire tant elle est riche.
Nous nous réjouissons aujourd'hui d'une collaboration qui fut exemplaire. Nous espérons que le spectacle présenté sera celui que vous espériez. »

Rolf Liebermann et Jacques Chancel.

Le Ballet de l'Opéra de Paris.

Rolf Liebermann.

Nicolaï Ghiaurov,
Rolf Liebermann
et Jacques Chancel.

« À son arrivée à Paris le 16 novembre 1972, Rolf Liebermann faisait cette simple déclaration : “À la direction de l’Opéra, je ne souhaite qu’une chose : compter, moi aussi, parmi les nombreux artisans de la tradition de Paris, celle de la modernité. Car la tradition parisienne des grandes époques imposa toujours à l’Opéra d’être le miroir de son temps, un miroir souvent en avance d’une image. Cette tradition se nomme donc ‘liberté créatrice’.”

Nous croyons pouvoir dire qu’au cours de ces six années d’exercice, M. Liebermann aura été parfaitement fidèle à son souhait. Il n’a pas renié le brillant passé de l’art lyrique et de la danse, il en a préservé l’héritage, amélioré, rénové les moyens de le transmettre, il a favorisé toutes les approches contemporaines. Le premier en ce domaine, il a compris l’importance de la télévision, collaborant au point d’aider Antenne 2 à devenir, à être même, la chaîne première de l’opéra dans le monde.

Ce soir encore, grâce à lui, nous pouvons présenter cet *Échiquier* entièrement réalisé à l’Opéra de Paris. »

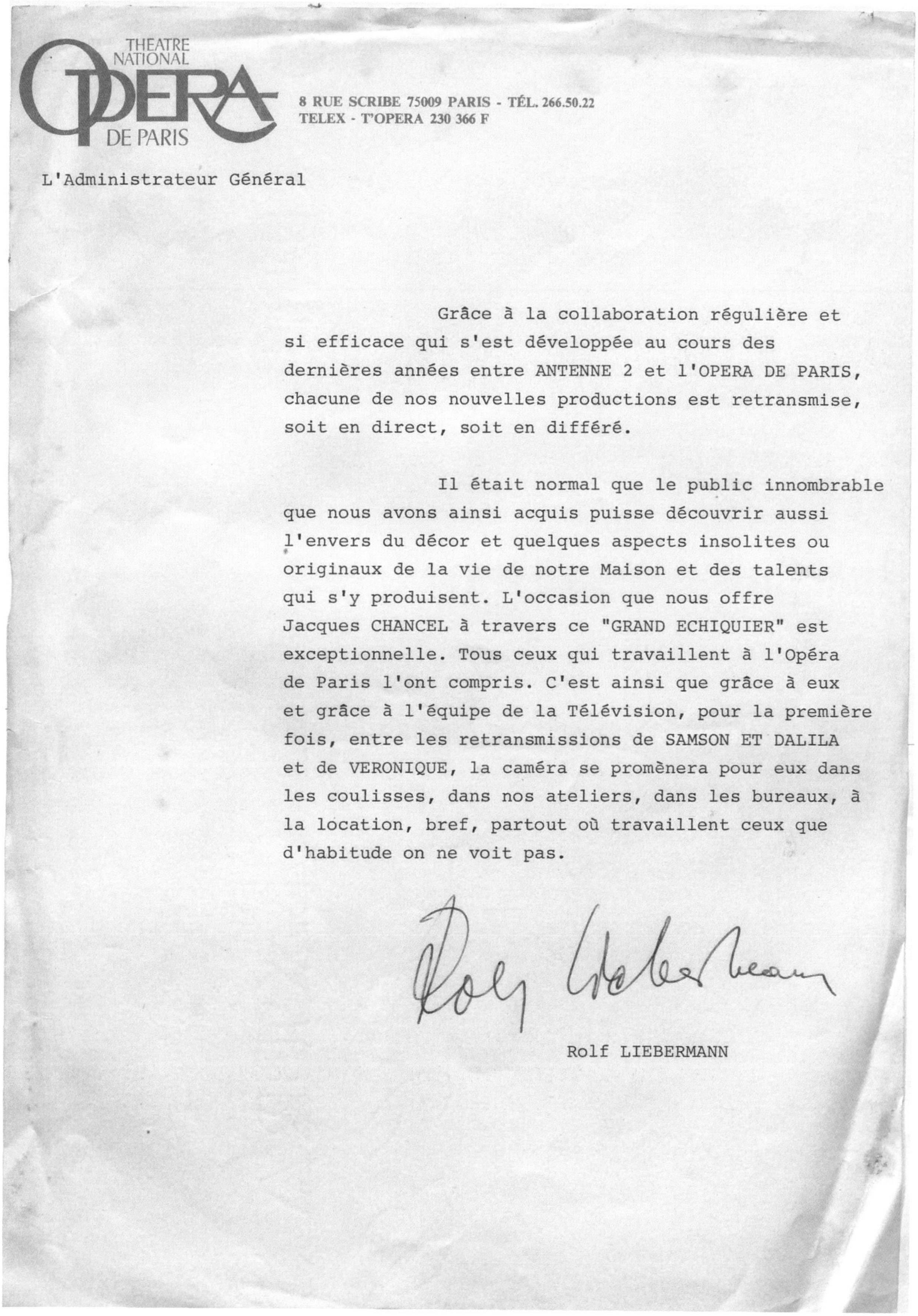

THEATRE NATIONAL OPERA DE PARIS

8 RUE SCRIBE 75009 PARIS - TÉL. 266.50.22
TELEX - T'OPERA 230 366 F

L'Administrateur Général

Grâce à la collaboration régulière et si efficace qui s'est développée au cours des dernières années entre ANTENNE 2 et l'OPERA DE PARIS, chacune de nos nouvelles productions est retransmise, soit en direct, soit en différé.

Il était normal que le public innombrable que nous avons ainsi acquis puisse découvrir aussi l'envers du décor et quelques aspects insolites ou originaux de la vie de notre Maison et des talents qui s'y produisent. L'occasion que nous offre Jacques CHANCEL à travers ce "GRAND ECHIQUIER" est exceptionnelle. Tous ceux qui travaillent à l'Opéra de Paris l'ont compris. C'est ainsi que grâce à eux et grâce à l'équipe de la Télévision, pour la première fois, entre les retransmissions de SAMSON ET DALILA et de VERONIQUE, la caméra se promènera pour eux dans les coulisses, dans nos ateliers, dans les bureaux, à la location, bref, partout où travaillent ceux que d'habitude on ne voit pas.

Rolf LIEBERMANN

Lettre de Rolf Liebermann
à Jacques Chancel.

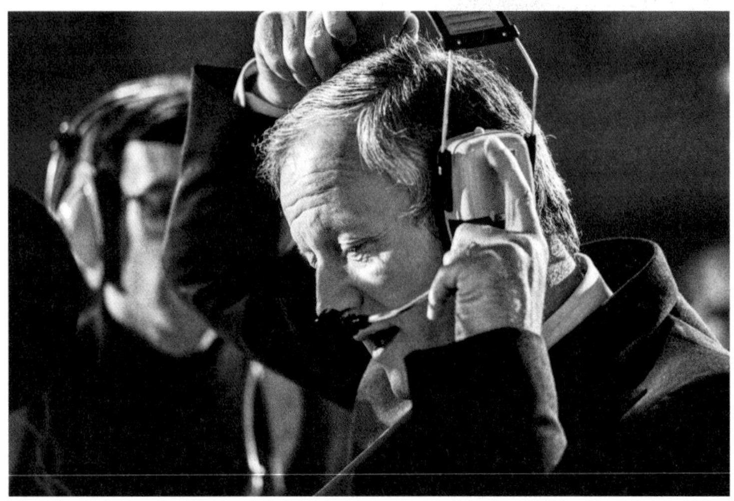

Les Chœurs et l'Orchestre de l'Opéra de Paris.

Jacques Chancel et l'Orchestre de l'Opéra de Paris.

Jacques Chancel.

L'Orchestre de l'Opéra de Paris,
dirigé par Nello Santi.

Rolf Liebermann
et Jacques Chancel dans les
sous-sols de l'Opéra de Paris,
pour une visite du lac souterrain.

Jacques Chancel.

Cinq ans après : Alexis Weissenberg

26 AVRIL 1979

Invités : Montserrat Caballé, José Carreras, Catherine Lara, Anne-Sophie Mutter, Seiji Ozawa, Alexis Weissenberg, Mark Zeltser.

Avec la participation de : Patrice Caratini, Christie Caro, Nilton Castro, Marc Fosset, Dizzy Gillespie, Daniel Humair, Dominique Khalfouni, Jovan Kolundžija, Georges Rabol, Joe Turner, les Violoncellistes philharmoniques de Cologne.

Alexis Weissenberg au piano.

« J'ai toujours affirmé que l'homme est plus important que l'artiste et quelques-uns lui reprochent encore cette particulière aisance du geste et du verbe. Épris de liberté, il méprise la volonté de tristesse – ce folklore ! – qui s'attache au domaine du classique. Alexis Weissenberg se cherche, se perd, se trouve, se reconnaît.

Le visage un peu asiatique, cheveux ras, œil de fauve, Alexis Weissenberg a l'exacte discrétion des virtuoses qui dérangent les faux mélomanes. Il est net, vrai, pas du tout salonnard. Il joue et réfléchit sur son art, n'est pas déshonoré par les autres formes de spectacle.

Karajan l'a remarqué il y a déjà de nombreuses années et c'est un honneur et c'est aussi une difficulté si l'on pense à certains autres pianistes qui n'ont jamais été choisis.

Il nous faut ajouter ceci. En 1957 – Weissenberg a vingt-huit ans –, il prend conscience d'un danger qu'il court. Arrivé trop vite, trop jeune sur la scène internationale, il décide de marquer un long temps d'arrêt. Pendant près de neuf ans, il étudie la littérature, la philosophie... Et fait sa rentrée à Paris et à New York en 1966.

Alexis a toujours eu des vies parallèles. Il s'intéresse à tout ce qui existe. Il lui fallait prendre de nouveaux risques. Il vient de signer la musique d'une comédie, *La Fugue*, qui a été présentée au théâtre de la Porte Saint-Martin. Une œuvre massacrée par la critique. Un échec qui lui fait mal. »

Alexis Weissenberg.

Marc Fosset, Dizzy Gillespie et Patrice Caratini.

Anne-Sophie Mutter, à tout juste seize ans.

Jovan Kolundžija.

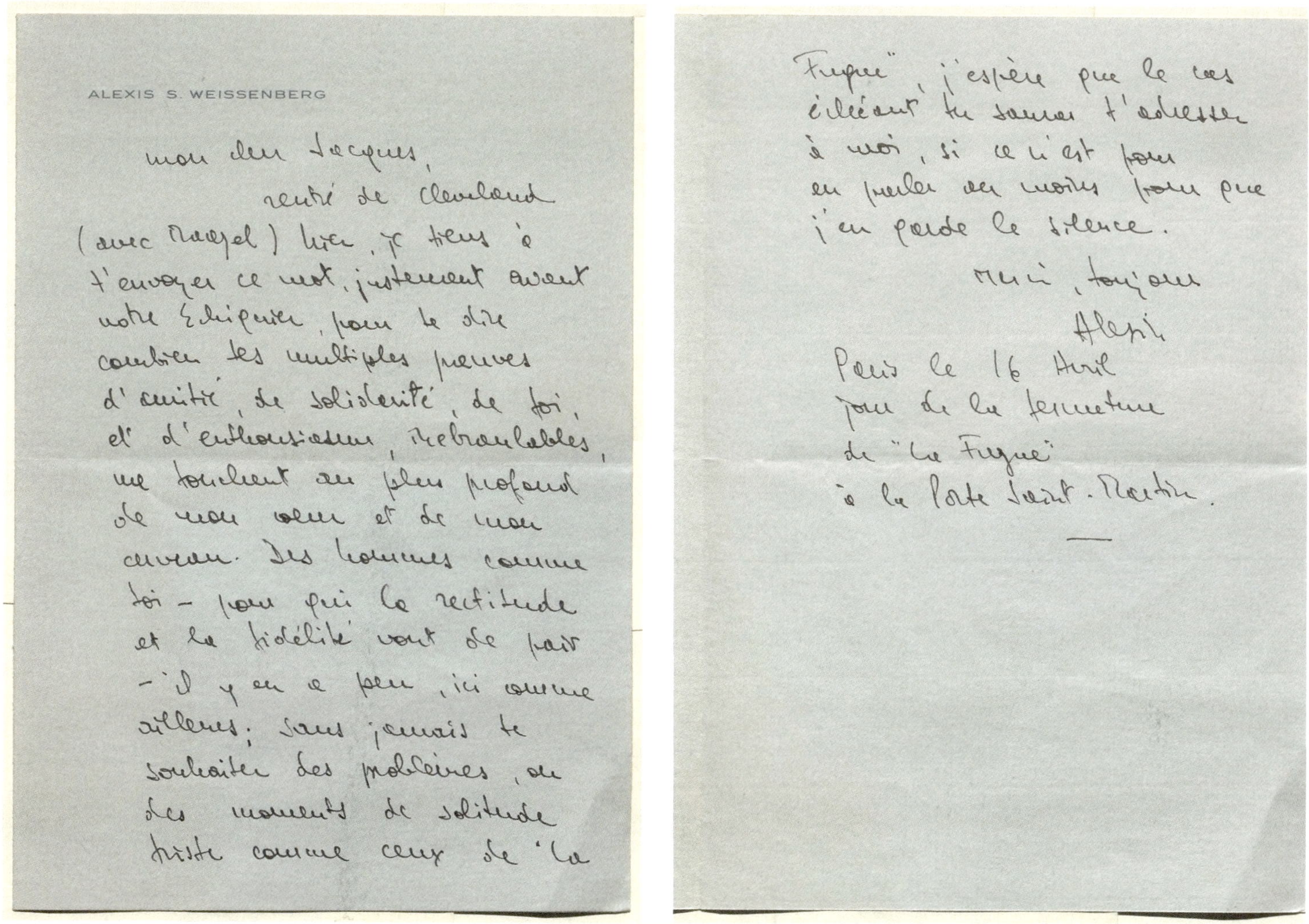
ALEXIS S. WEISSENBERG

mon cher Jacques,

rentré de Cleveland (avec Maazel) hier, je tiens à t'envoyer ce mot, justement avant notre [illegible], pour te dire combien tes multiples preuves d'amitié, de solidarité, de foi, et d'enthousiasme, inébranlables, me touchent au plus profond de mon cœur et de mon cerveau. Des hommes comme toi – pour qui la rectitude et la fidélité vont de pair – il y en a peu, ici comme ailleurs; sans jamais te souhaiter des problèmes, ou des moments de solitude triste comme ceux de "La Fugue", j'espère que le cas échéant tu sauras t'adresser à moi, si ce n'est pour en parler au moins pour que j'en garde le silence.

merci, toujours

Alexis

Paris le 16 Avril
jour de la fermeture
de "La Fugue"
à la Porte Saint-Martin.

Lettre d'Alexis Weissenberg
à Jacques Chancel.

Une soirée avec Lino

31 MAI 1979

Invités : Jean-Michel Aguirre, Charles Aznavour, Georges Brassens, César, Raymond Devos, Maxime Le Forestier, Frédéric Lodéon, Jean-Claude Morchoisne, Jean Mulatier, Patrice Ricord, Arthur Rubinstein, Lino Ventura.

Avec la participation de : Michel Attenoux, Patrice Caratini, Augustin Dumay, Joël Favreau, Marc Fosset, Daria Hovora, Alexandre Lagoya, Alain Le Douarin, Moustache, Jean-Michel Thierry, Les Petits Français.

César et Lino Ventura.

« Vingt-cinq années, pleines, mouvementées, belles, pour aller de *Touchez pas au grisbi* à *Un homme en colère*. Déjà une légende. Faite de mots écrits une fois, répétés en litanie. Du style : le silencieux, l'autre Gabin, le dur, le gorille et j'en passe. L'image facile !

Lino Ventura c'est bien autre chose et d'abord un homme qui a un regard, une attitude et de l'honneur. Il paraît secret et loin des autres parce qu'il est pudique. J'aime sa réserve, sa modestie, sa fidélité aux gens et aux choses. »

Lino Ventura
et Arthur Rubinstein.

« Nous nous sommes rencontrés il y a une douzaine d'années à la montagne, puis nous nous sommes revus comme ça, par hasard. Nous ne parlions jamais ni de cinéma ni de radio ni de télévision mais de sport ou de peinture ou de musique. Et seulement de temps en temps. Je savais qu'il était né à Parme, en Italie, qu'il était reconnaissant à Jacques Becker des grâces, du débat, qu'il aimait le "vieux" Gabin, qu'il n'avait jamais été ce que l'on disait de lui. Le dur serait-il donc un tendre ? Encore une image… Passons.

Ventura est surtout Lino, un être chaleureux, discret sur sa vie privée, humble. J'aime qu'il soit ainsi attaché à la famille et respectueux de la liberté des autres. J'apprécie sa sobriété, cette pudeur dont nous parlions plus haut, ses silences et aussi, et plus encore, son talent de conteur. Il est homme de parole dans tous les sens du mot, pour peu qu'il se sente en confiance. »

Lino Ventura.

Georges Brassens
et Lino Ventura.

Les invités venus chanter sont aidés de prompteurs papier.

Maxime Le Forestier et Jacques Chancel.

Jacques Chancel et Raymond Devos.

Raymond Devos. Les Petits Français. Maxime Le Forestier.

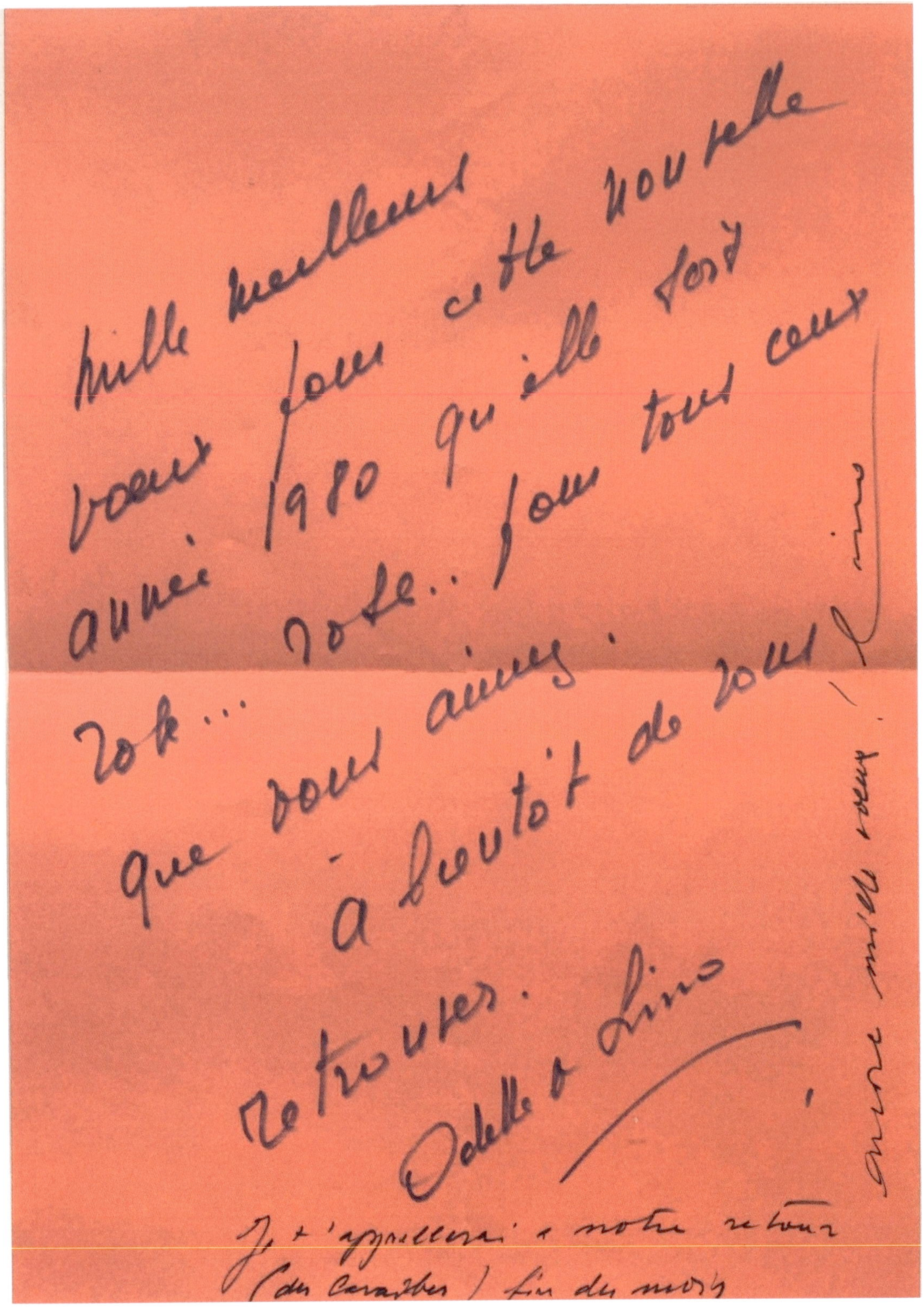

Mille meilleurs
voeux pour cette nouvelle
année 1980 qu'elle soit
Tok… Tote.. pour tous ceux
que vous aimez.
À bientôt de vous
retrouver.
Odette & Lino

Avec mille voeux / Lino

Je t'appellerai à notre retour
(des Caraïbes) fin du mois

Jacques Chancel conservait
dans ses cahiers ces vœux
d'Odette et Lino Ventura.

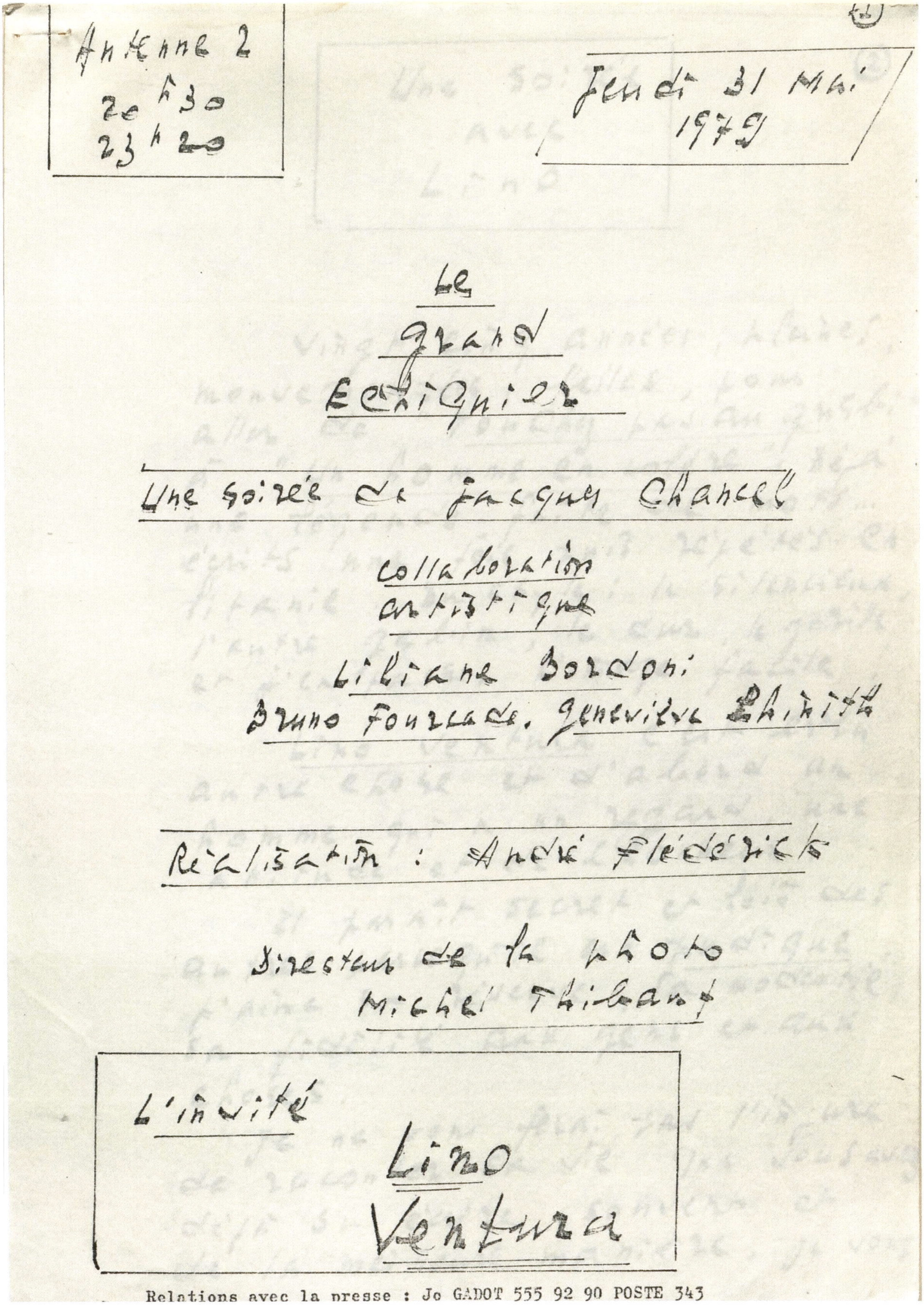
(1)

Antenne 2
20 h 30
23 h 20

Jeudi 31 mai 1979

Le grand échiquier

Une soirée de Jacques Chancel

collaboration artistique

Liliane Bordoni

Bruno Fourcade, Geneviève [illegible]

Réalisation : André Flédérick

Directeur de la photo
Michel Thibaut

L'invité
Lino Ventura

Relations avec la presse : Jo GADOT 555 92 90 POSTE 343

La page de titre du cahier de travail de Jacques Chancel.

Guy Bedos

27 SEPTEMBRE 1979

Invités : Guy Bedos, Jean-Loup Dabadie, Djura, Mireille, Claude Nougaro, Anna Prucnal, Yves Robert, Zouc.

Avec la participation de : Nicole d'Andrea, Charles Bellonzi, DjurDjura, Richard Galliano, Bob Garcia, Luc Heller, Jacques Higelin, Michel Loudèche, Jacques Loussier, Philippe Maté, Isabelle Mayereau, Jean-Claude Mejstelman, Gilles Perrin, Jean-André Roinard, Antoine Russo, Mercedes Sosa, Marc Steckar, Antoine Tatich, Luigi Trussardi, Maurice Vander.

Guy Bedos.

« Cette soirée nous allons donc la partager avec un homme qui, aujourd'hui encore, est en quête d'absolu, que certains trouvent fou dans une société prétendument normale, qui porte une énorme boule de tendresse dans le cœur.

Guy Bedos exerce le métier qu'il aime et lui donne une dimension particulière. Il crie des choses qui ne sont pas toujours bonnes à dire et à entendre. Marginal par nécessité, il explose en fureurs, délirantes colères, il grogne, il se débat avec ses contradictions et s'il voyage en solitaire maintenant sur la scène c'est par gourmandise, pour mieux engager le dialogue avec les spectateurs. Son bonheur, il le cherche dans l'insolence : la farce et la gravité sont les atouts de son art.

Parfois, il parle de politique mais c'est pour ne pas en faire. Il estime qu'elle ne doit pas être confisquée par les politiciens et les éditorialistes. "Elle est à tout le monde. Elle est partout." Il lui arrive de dire : "Je ne veux pas plaire." Est-ce bien vrai ? Peut-être sait-il que Baudelaire déplaisait invariablement aux imbéciles ! »

Guy Bedos
et Jacques Chancel.

Jacques Chancel, Yves Robert
et Jean-Loup Dabadie.

Guy Bedos.

Djura, Jacques Chancel
et Claude Nougaro.

Jacques Higelin
aux côtés d'une danseuse.

Zouc.

Mireille et Guy Bedos.

Yves Duteil et les dix plus belles chansons du siècle

25 OCTOBRE 1979

Invités : Georges Brassens, Francis Cabrel, Philippe Chatel, Yves Duteil, Danièle Heymann, Gérard Lenorman, Guy Lukowski, Jeanne Moreau.

Avec la participation de : Amiel, Jean-Philippe Collard, Pia Colombo, Alice Dona, Joël Favreau, Simone Langlois, Charles Level, Frédérick Mey, Jean Musy, Patachou, Pierre Rabbath, Una Ramos.

Yves Duteil.

Georges Brassens.

L'ORAGE (SUITE)
J'AI CONSACRÉ MON TEMPS A CONTEMPLER LES
CIEUX. A REGARDER PASSER LES NUES, A GUETTER
LES STRATUS, A LORGNER LES NIMBUS. A
FAIRE LES YEUX DOUX AUX MOINDRES CUMULUS.
MAIS ELLE N'EST PAS REVENUE.
SON BONHOMM' DE MARI AVAIT TANT D'AFFAIR'S.
TANT VENDU CE SOIR. LA DE PETITS BOUTS DE FER.
QU'IL ÉTAIT DEVENU MILLIONNAIRE. ET L'AVAIT
EMMENÉ' VERS DES CIEUX TOUJOURS BLEUS. DES
PAYS IMBÉCILE' OÙ JAMAIS IL NE PLEUT.
OÙ L'ON NE SAIT RIEN DU TONNERRE.
DIEU FASS' QUE MA COMPLAINTE AILLE, TAMBOUR
BATTANT. LUI PARLER DE LA PLUI', LUI PARLER
ON A T'NU TÊTE
QU'UN CERTAIN COUP DE
DANS LE MILL' DE MON COEUR
QUI LUI RESSEMBLE. D'UN' PETIT' FLEUR

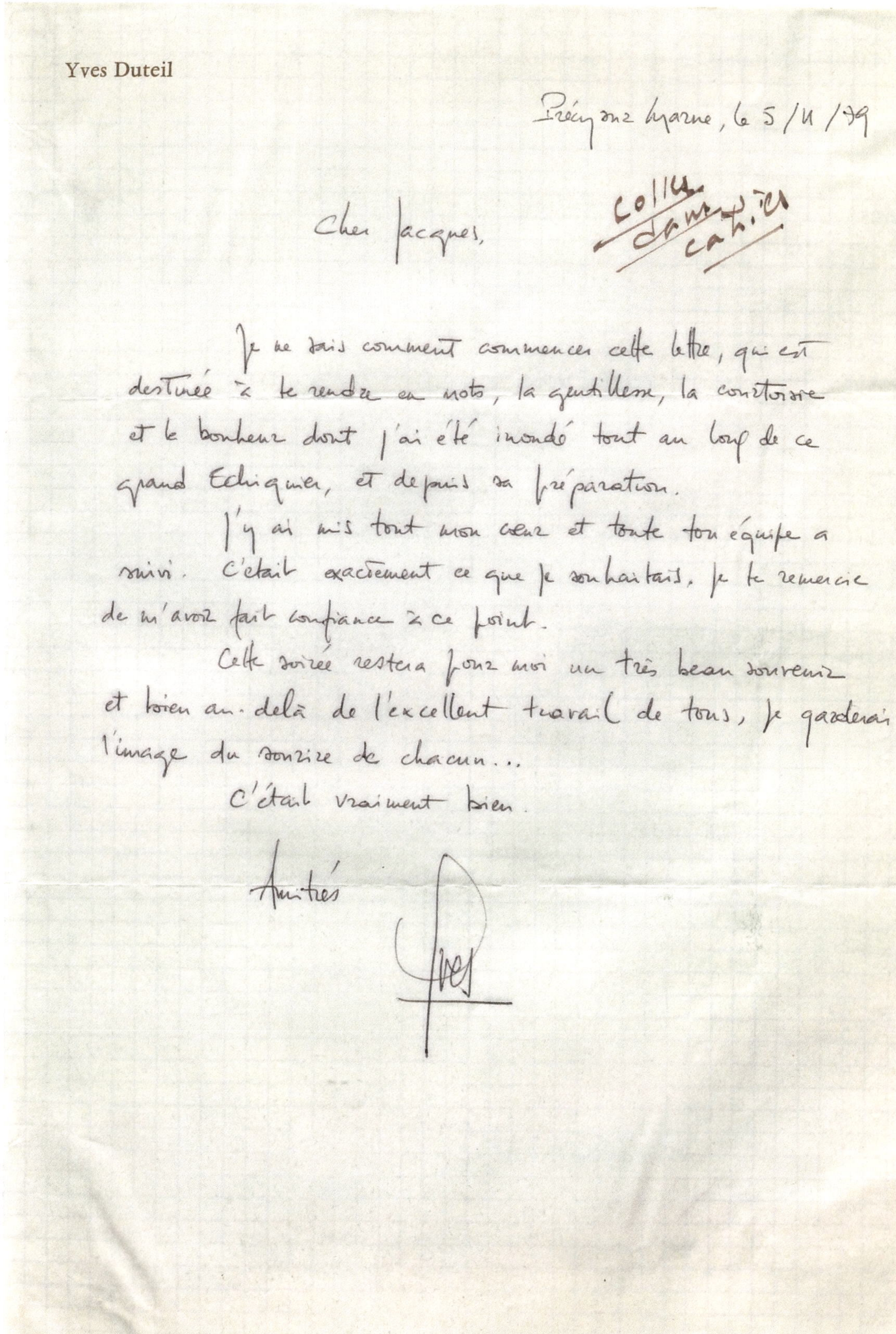

Yves Duteil

Précy sur Marne, le 5/11/79

collé dans cahier

Cher Jacques,

Je ne sais comment commencer cette lettre, qui est destinée à te rendre en mots, la gentillesse, la courtoisie et le bonheur dont j'ai été inondé tout au long de ce grand Echiquier, et depuis sa préparation.

J'y ai mis tout mon cœur et toute ton équipe a suivi. C'était exactement ce que je souhaitais, je te remercie de m'avoir fait confiance à ce point.

Cette soirée restera pour moi un très beau souvenir et bien au-delà de l'excellent travail de tous, je garderai l'image du sourire de chacun...

C'était vraiment bien.

Amitiés

Yves

Georges Brassens,
Jacques Chancel et Yves Duteil.

Les équipes techniques, préparant le prompteur de la chanson *L'Orage*, interprétée par Georges Brassens et Yves Duteil.

Lettre d'Yves Duteil adressée à Jacques Chancel.

Le Joyeux Thierry : un soir avec Thierry Le Luron

27 DÉCEMBRE 1979

Invités : Armande Altaï, Michel Berger, Jacqueline Cartier, Jean-Philippe Collard, Jean-Jacques Debout, Pierre Douglas, Augustin Dumay, Patrick Dupond, Chantal Gallia, Gilbert Laffaille, Thierry Le Luron, Frédéric Lodéon, Bernard Mabille, Gérard Oury, Fabienne Thibeault, Daniel Varsano.

Avec la participation de : Charles Aznavour, Charles Benarroch, Clarel Betsy, Joël Dugrenot, Yves Duteil, Jay Gottlieb, Michel Jonasz, Ibrica Jusic, Jacques-François Juskowiak, Jean-Michel Kajdan, Manu Katché, Francis Lockwood, Nicoletta, David Rose, Bernard Teissier.

« J'avoue avoir toujours eu, et depuis 1970, une particulière tendresse pour ce petit farceur à l'allure de premier communiant. J'aime sa drôlerie et, plus encore, sa fidélité, sa générosité. Cette générosité – je l'ai déjà écrit – qui se nourrit au cœur, à l'âme, et les déborde. Diablotin, garnement, il s'amuse de tout et d'abord de lui-même.

Il n'épargne personne mais beaucoup veulent être touchés. Tout pour lui est allé si vite qu'il se sait en danger… Donc en état de grâce. »

Thierry Le Luron.

Premier

STEINWAY & SONS

Fabienne Thibeault.

Michel Berger.

Yves Duteil.

Ce que vous dit François Périer

31 JANVIER 1980

Invités : Jean-Louis Barrault, Bernard Blier, Gérard Depardieu, Jacques Dutronc, Jean-Michel Folon, John Guez, François Périer, Serge Reggiani, Jacques Weber.

Avec la participation de : Daniel Auteuil, Simone Langlois, Manitas de Plata, Los Baliardos, Pierre Rabbath, Madeleine Renaud, Didier Sauvegrain, Mark Zeltser.

« Nous avons des relations privilégiées avec le théâtre.
Nous avons déjà accueilli Louis Seigner, Jean-Louis Barrault,
Madeleine Renaud, Francis Huster, Jacques Weber…
Voici François Périer qui a – on l'a beaucoup écrit –
la persistante jeunesse de l'ange Heurtebise.
François, c'est la passion.

Quarante ans de métier et toujours et encore la fraîcheur,
l'enthousiasme, l'amour d'un texte, d'un auteur, l'envie
d'apprendre, d'en savoir plus. François Périer, je le connais :
il est exigeant, sincère, inquiet. Il est fragile comme tous les comédiens.
Il a une peur panique de la solitude. Il aime ses personnages.
Il a l'équilibre parfait de ceux qui ne trichent pas,
qui n'ont jamais su tricher, qui ne sauront jamais. »

François Périer
et Gérard Depardieu.

Jacques Weber
et François Périer.

François Périer.

Interview
de François Périer.

Serge Reggiani
et Jean-Michel Folon.

Daniel Auteuil
et François Périer.

Serge Reggiani,
Jacques Dutronc
et Gérard Depardieu.

Les Vingt Ans de Maurice Béjart

29 MAI 1980

Invités : Maurice Béjart, Christiane Eda-Pierre, Claude Lelouch, Mireille Mathieu, Ruggero Raimondi.

Avec la participation de : Germaine Acogny, Michael Aspinal, Joseph Bouglione, Alassane Congo, Jorge Donn, Anne-Marie Fontaine, Bruno Fontaine, Michel Gascard, Yann Le Gac, Jean-Marie Limon, Philippe Lizon, Shonach Mirk, Doudou N'diaye Rose, Maïa Plissetskaïa, Rita Poelvoorde, Janine Reiss, Michèle Seigneuret, Ferruccio Soleri, Patrice Touron, Andrzej Ziemski, les Alexis Sisters, le Ballet du xxe siècle.

« Béjart est un sacré personnage. Il y a d'abord ses yeux. Ses yeux bleus. Un regard étonnant. Tout un visage inspiré. Et qui frappe par une forme de sérénité façonnée par quelques anciennes colères. Embelli aussi par la foi, la recherche, la constante remise en cause.

N'attendez pas de moi que je le raconte. Il se dira lui-même. Il a déjà beaucoup livré de ce qu'il est dans ses spectacles et sans doute ne sait-on à son sujet que très peu de choses. Du moins pas l'essentiel. Sa chance c'est la métamorphose. Il échappe à qui veut le prendre, l'enfermer, le juger. Il ne connaît qu'un maître-mot : l'amour. Ne pas aimer assez lui paraît être un sacrilège. Il est enfant naïf, c'est-à-dire homme libre. Et généreux, accordé au peuple.

Maurice Béjart a installé son art dans les vastes enceintes accessibles au plus grand nombre, il lui a donné une éthique, l'a libéré de ses ghettos, il a fait triompher le corps, il a magnifié l'émotion, le lyrisme, et conclu des noces avec la musique. »

Maurice Béjart.

« Amoureux de la démesure, il s'affirme complet parce que riche de réussites somptueuses et de ratages magnifiques. Il est danseur, chorégraphe, acteur, metteur en scène, philosophe, inventeur d'une école, Mudra, et d'une troupe, le Ballet du XXe siècle. Et plus encore, il est chercheur, explorateur. Fou, donc sage.

Avec Maurice Béjart, nous avons choisi un programme qui nous semble illustrer de la meilleure manière la vie et les élans de cette compagnie fondée en 1960 et qui a donné à la danse un souffle nouveau. Il était important que, comme d'habitude, nous soyons en direct, il était nécessaire que les caméras accordées au rythme de l'instant puissent inventer elles-mêmes leur propre ballet. »

Jacques Chancel
et Maurice Béjart.

Maurice Béjart et les danseurs
du Ballet du XXe siècle.

Jean-Claude Casadesus et l'Orchestre phiharmonique de Lille

26 JUIN 1980

Invités : Pierre Bouteiller, Jean-Claude Casadesus, Raymond Devos, Pierre Douglas, Miguel Ángel Estrella.

Avec la participation de : Renée Auphan, Alain Beghin, Didier Benetti, Carlo Chiarappa, Mel Culbertson, Jean-Pierre Drouet, Jean Dupont, Chris Hayward, Barbara Hendricks, Daniel Humair, Jean-François Jenny-Clark, Patrick Mendez, Michel Portal, Dominique Probst, Robert Quibel, Bernadette Rollin, Eddy Schaff, Stefan Stalanowski, l'Orchestre philarmonique de Lille.

« Jean-Claude Casadesus, chef d'orchestre remarquablement ouvert aux curiosités de ce monde, aux multiples formes d'expression, estime qu'il faut se méfier des spécialistes, ou du moins se garder des ghettos où opèrent ces gens-là. Il se souvient qu'il fut instrumentaliste, joueur de batterie dans les cabarets, accompagnateur de vedettes… On comprend dès lors qu'il est attentif à la chanson, au jazz, au théâtre, à l'humour.

Sa grande ambition dans la vie ? Persuader les autres que la musique est accessible à tous, apprendre à aimer, donner le goût du partage. Ces thèmes, dans la préparation du programme, ont ponctué toutes nos conversations. Sans doute seront-ils au carrefour de notre rencontre avec vous… »

Jean-Claude Casadesus.

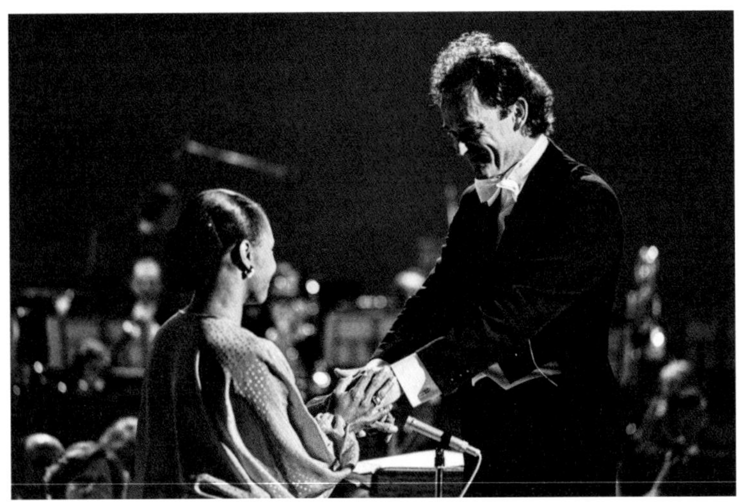

Jacques Chancel,
Bernadette Rollin,
Raymond Devos
et Jean-Claude Casadesus.

L'Orchestre
philharmonique de Lille.

Barbara Hendricks
et Jean-Claude Casadesus.

Jean-Claude Casadesus
dirigeant l'Orchestre
philharmonique de Lille.

Percussionniste
de l'Orchestre.

Barbara Hendricks.

O R C H E S T R E   P H I L H A R M O N I Q U E   D E   L I L L E

Directeur : Jean-Claude CASADESUS   REGION NORD/PAS-DE-CALAIS

Près de quatre-vingt dix concerts, six mille kilomètres parcourus dans la région Nord/Pas-de-Calais, tel est chaque saison le rythme de l'orchestre philharmonique de Lille et de son directeur Jean-Claude Casadesus.

Une trentaine de villes différentes, d'importance plus ou moins grande, telles que Lille, Calais, Boulogne mais aussi Liessies (597 habitants), l'ont accueilli ; en effet, le Philharmonique de Lille dont la mission, à la différence des autres orchestres régionaux, est essentiellement symphonique, est la seule formation réellement régionale, puisque, malgré son nom, il ne dépend d'aucune ville et entretient des relations identiques avec toutes les municipalités de sa région d'activité ; il est donc à ce titre l'orchestre symphonique le plus mobile de France.

Chaque manifestation comprenant une animation scolaire l'après-midi et un concert le soir est proposée dans la région à un prix très bas pour permettre aux petites villes de s'associer à l'effort culturel régional et inciter celles qui ont le plus grand nombre d'habitants à prendre plusieurs concerts chaque saison. Les concerts éducatifs ont permis, cette saison, à quelque quinze mille enfants d'avoir un contact direct avec la musique vivante.

Créé en janvier 1976, subventionné par l'Etablissement Public Régional Nord/ Pas-de-Calais et l'Etat, l'orchestre comprend actuellement 100 musiciens dont 32 femmes ; l'âge moyen est de 30 ans.

En trois ans, il a gagné un public tel que, pour la seule ville de Lille, il a été amené à doubler ses concerts. Si, en 1977, 500 personnes se sont abonnées, on en compte 1150 à Lille en 1978 ; en 1979, le nombre d'abonnés a dû être limité à 1904 étant donné la capacité des salles lilloises. De grandes oeuvres sont montées chaque année qui ont permis de toucher près de 30.000 personnes tant dans des salles traditionnelles que dans les églises, des salles polyvalentes ou des palais des sports. Les concerts de musique contemporaine, montés chaque année depuis trois ans, ont vu leur nombre d'auditeurs tripler (1 800 pour le dernier en date).

La participation au festival d'Aix-en-Provence avec le "Requiem" de Verdi en 1978, le grand prix de l'Académie Charles Cros pour l'enregistrement de son premier disque - la 1ère symphonie de Dutilleux - le consacrent comme l'une des formations françaises de tout premier plan.

Il est le premier orchestre régional à se voir décerner le label d'orchestre National par le Ministre de la Culture et de la Communication qui souligne par là la qualité de son travail notamment au dernier festival d'Aix-en-Provence - l'orchestre philharmonique de Lille donnait douze représentations (dont "Werther" de Massenet et une création mondiale "Porporino").

Il participait au Festival de France, au Festival de Lille (avec "La Création" et "les Saisons" de Haydn) au Festival d'Art Sacré à Paris (avec "La Création"). La télévision, elle aussi, lui donne une audience nationale puisque Antenne 2, l'été 1979, a diffusé trois concerts "La Messe en Si", le "Requiem" de Duruflé et le "Requiem" de Verdi. F.R.3. a diffusé "La Création" et "Werther".

Antenne 2 et France Musique ont enregistré 2 programmes pour "les concerts de midi".

L'Orchestre est avec Jean-Claude Casadesus l'invité de Jacques Chancel pour le Grand Echiquier du 26 juin. Son deuxième disque entièrement consacré à Ravel est sorti chez Harmonia Mundi. Après l'enregistrement de "la Symphonie Fantastique" de Berlioz (toujours chez Harmonia Mundi) début juillet, après "Cosi Fan Tutte" au Festival de la Côte d'Opale, et "Les Nuits d'été" et "la Fantastique" (avec Jane Rhodes) à St Denis, au Havre, à Vaison et à Béziers, l'Orchestre partira en septembre pour l'Allemagne (avec "La Création") avant de fêter en janvier 1981 son cinquième anniversaire avec Jessye Norman et Miguel Angel Estrella.

Documents de travail préparatoires.

JEAN-CLAUDE CASADESUS

Directeur de l'Orchestre Philharmonique de Lille

Le premier janvier 1976 naît l'Orchestre Philharmonique de Lille. Subventionné par l'Etablissement Public Régional Nord Pas de Calais et l'Etat, il est dirigé depuis sa fondation par Jean-Claude Casadesus et compte actuellement cent musiciens.

Une trentaine de villes l'accueillent régulièrement pour plus de quatre-vingt dix concerts ; à ce titre, il est la seule formation réellement régionale et la formation symphonique la plus mobile de France. 105 000 auditeurs, 65 000 enfants pour les animations scolaires, 1 900 abonnés pour la seule ville de Lille : en trois années l'O.P.L. n'a pas cessé d'étendre son audience et son rayonnement. Le Grand Prix Charles Cros a récompensé son premier enregistrement (Première Symphonie d'Henri Dutilleux). Le succès du "Requiem" de Duruflé, des représentations de "Werther" de Massenet, des programmes présentés au Festival de France à Paris, de "La Création" et des "Saisons" de Haydn donnés au Festival de Lille sont autant de témoignages de la qualité du travail et de l'esprit qui règne au sein de cet orchestre, récemment élevé au rang d'Orchestre National.

Invité par les plus grands orchestres internationaux (Moscou, Leningrad, Prague, Stockholm...) Jean-Claude Casadesus a dirigé aussi l'Orchestre National de France, l'Orchestre de Paris, le Scottish National Orchestra, l'Orchestre de Florence notamment pour le "Maggio Fiorentino".

Parmi les projets les plus importants figurent des séries d'enregistrement. (Un deuxième disque de l'Orchestre Philharmonique de Lille consacré à Ravel vient de sortir (avec Nadine Denize) chez Harmonia Mundi) et des invitations d'orchestres étrangers, notamment :

- en janvier 1980, le Scottish Chamber Orchestra avec Jessye Norman, à Glasgow et Edimburg,
- en octobre 1980, le Scottish National Orchestra,
- en février et mai 1981, l'Opéra de Paris pour "Le Bal Masqué" de Verdi et "Don Giovanni" de Mozart.

On le retrouvera en Octobre 1981 à Nancy pour "Carmen" et

- en janvier 1982, à Londres, avec une nouvelle fois Jessye Norman.

Le 12 juin Jean-Claude Casadesus est l'invité de Jacques Chancel pour "Radioscopie" et le 26 juin pour "Le Grand Echiquier".

JUIN 1980

Charles Aznavour

25 SEPTEMBRE 1980

Invités : Charles Aznavour, Erik Berchot, Teresa Berganza, Georges Garvarentz, Milva.

Avec la participation de : Aram, Manu Dibango, Jean-Paul Dréau, Yvette Freeman, Hartar, Rose Laurens, Danielle Licari, Kaba Jerry Malekani, José Miguel Moreno, Jean-Claude Naimro, Marshall Royal, Claude-Michel Schönberg, Jacques Weber, l'Orchestre Colonne.

« Nous nous sommes souvent croisés, nous avons décidé de quelques escales mais, à dire vrai, nous nous sommes rarement rencontrés à la télévision. Voilà qu'enfin nous nous retrouvons à cette étape du 25 septembre pour toute une soirée faite de ses mots et de ses musiques.

Tout a été dit sur Charles Aznavour et bien des choses seront encore écrites. Il décourage l'analyse parce que, personnage à rebondissements multiples, il se remet lui-même en question à chaque nouvelle lune.

Il est l'homme qui n'en finit pas de partir à la conquête du monde et il revendique joyeusement les sommets... »

Charles Aznavour.

Charles Aznavour et Jacques Chancel.

«J'apprécie Aznavour pour sa parole vraie, pour ses colères, ses fabuleuses tornades d'enfant râleur. Enthousiaste et cocardier, il brocarde à tout va, furieux contre cette époque dangereusement complaisante à toutes les violences, à tous les abandons...

Il le dit avec de la malice dans l'œil pour bien montrer qu'il s'honore d'être catalogué "chanteur populaire". Cet *Échiquier* le montrera peut-être sous un jour nouveau et ce qu'il souhaite rejoint nos propres préoccupations, prolonge nos nombreuses expériences...»

Danseuse des Ballets arméniens de Marseille.

Teresa Berganza.

Charles Aznavour.

Manu Dibango.

Jean-Loup Dabadie, enfant prodige

25 DÉCEMBRE 1980

Invités : Isabelle Adjani, Guy Bedos, Pierre Bénichou, Pierre Bouteiller, Jean Carmet, Jean-Loup Dabadie, Danièle Delorme, Xavier Gélin, Dominique Lavanant, Yves Montand, Bertrand Poirot-Delpech, Serge Reggiani, Yves Robert, Claude Sautet, Simone Signoret.

Avec la participation de : George Alexander Albrecht, Francis Bardot, Bob Castella, Cuarteto Cedrón, Robert Charlebois, Julien Clerc, François-René Duchâble, Jacques Villeret, Daniel Wayenberg, la Maîtrise de la Sainte-Chapelle, l'Orchestre Lamoureux.

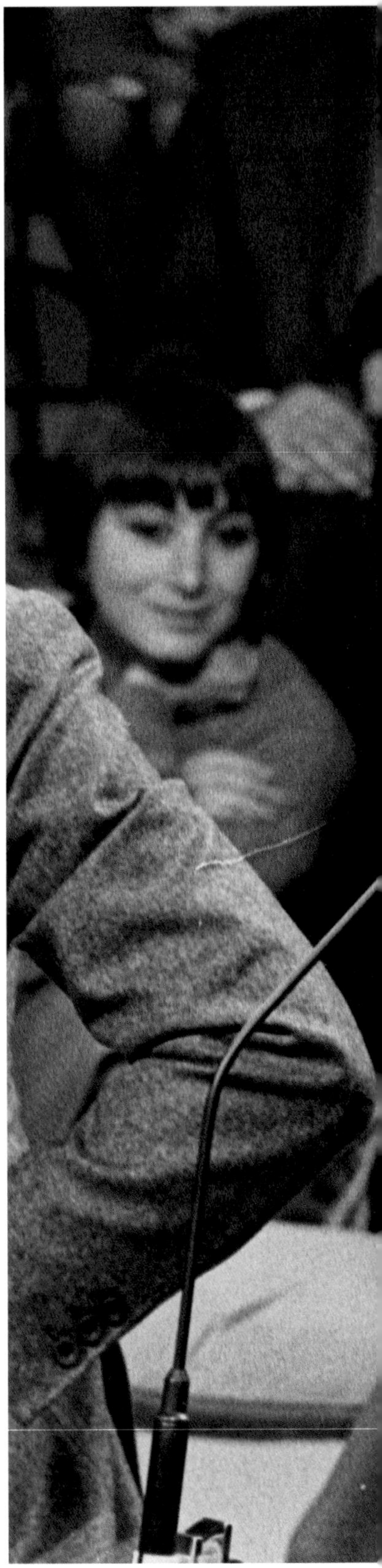

Au premier rang : Isabelle Adjani, Jacques Chancel et Jean-Loup Dabadie.
Au deuxième rang : Guy Bedos, Jacques Villeret et Yves Montand.

Isabelle Adjani
et Jean-Loup Dabadie.

Au premier rang:
Jacques Chancel, Guy Bedos
et Jean-Loup Dabadie.
Au deuxième rang:
Isabelle Adjani.

Daniel Wayenberg.

Jacques Villeret.

Jean-Loup Dabadie
et la Maîtrise
de la Sainte-Chapelle.

Au premier rang :
Jacques Chancel et Guy Bedos.
Au deuxième rang :
Jacques Villeret
et Isabelle Adjani.

Jacques Chancel, Yves Montand
et Jean-Loup Dabadie.

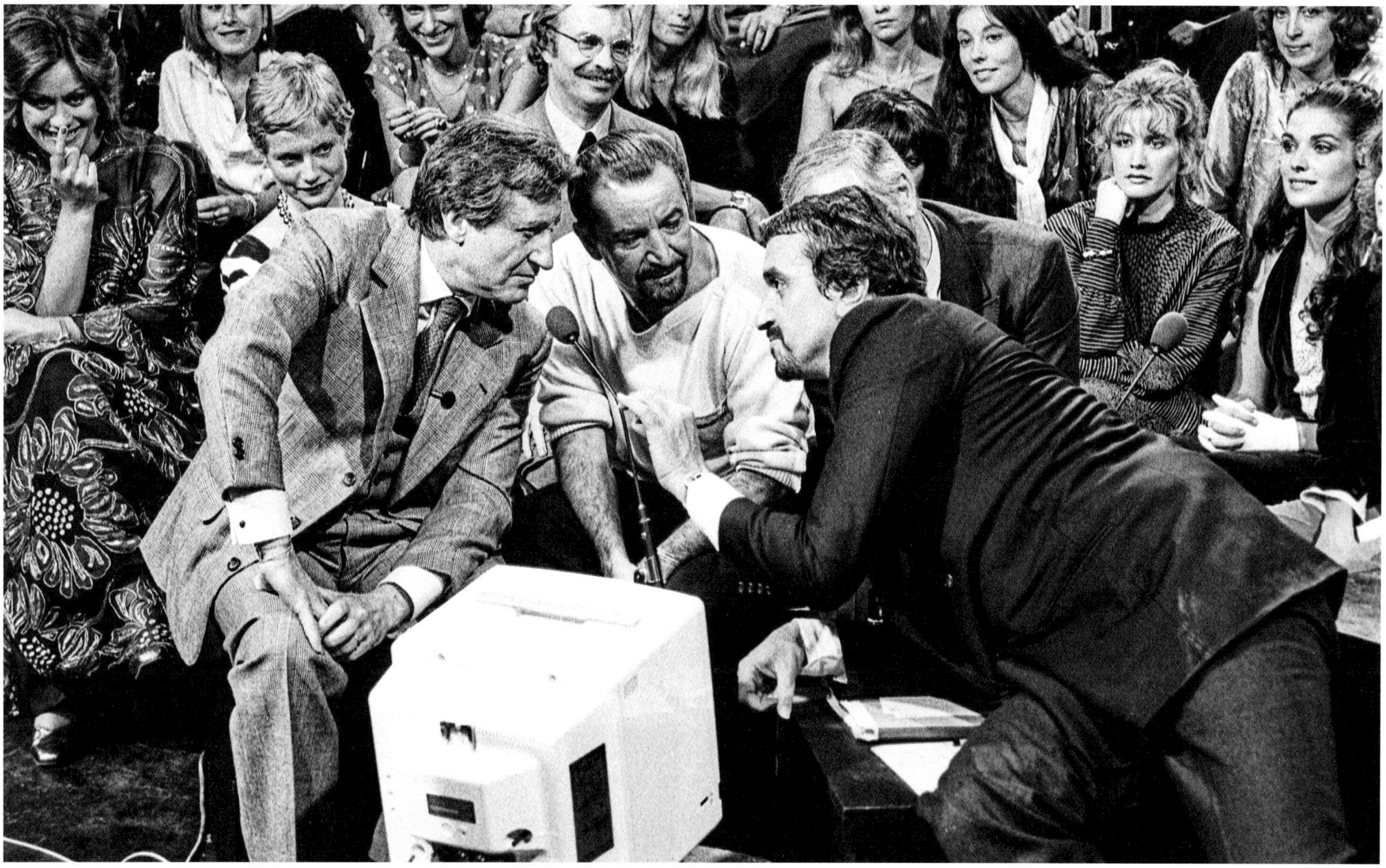

Ruggero Raimondi

24 SEPTEMBRE 1981

Invités : Gabriel Bacquier, Maurice Béjart, Isabelle Huppert, Herbert von Karajan, Rolf Liebermann, Ruggero Raimondi, Pascale Rocard, Jacques Sereys, Kiri Te Kanawa, Daniel Toscan du Plantier.

Avec la participation de : Maurice André, Margarita Castro-Alberty, Plácido Domingo, Robert Dumé, Alain Lombard, Pierre Rabbath, Janine Reiss, Katia Ricciarelli, Luciana Savignano, les Chœurs de l'Opéra de Paris, l'Orchestre philharmonique de Strasbourg.

Ruggero Raimondi.

Au premier rang : Gabriel Bacquier, Maurice Béjart et Ruggero Raimondi. Au deuxième rang : Kiri Te Kanawa, Isabelle Huppert et Daniel Toscan du Plantier.

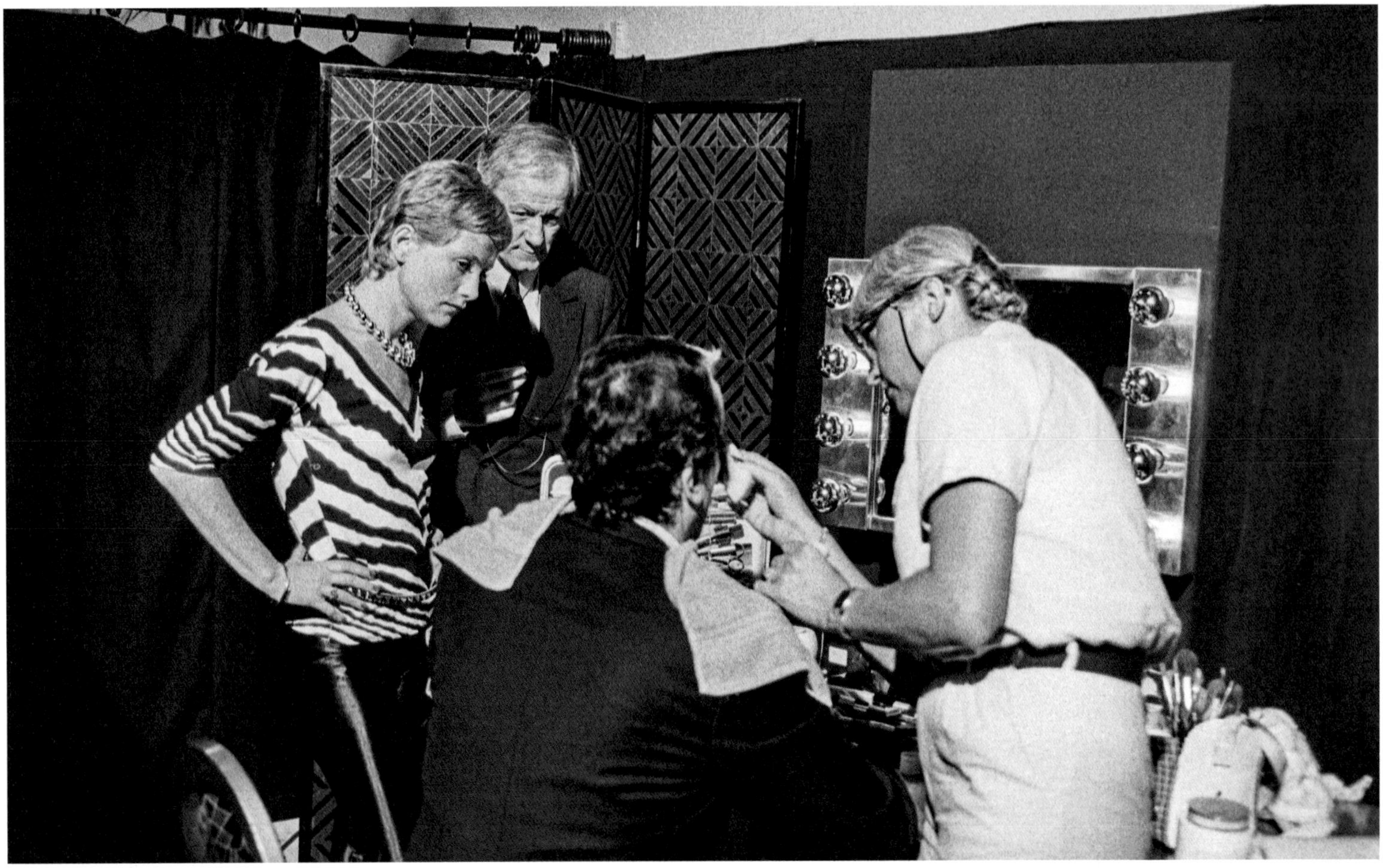

Isabelle Huppert,
Jacques Chancel et Ruggero
Raimondi dans les loges.

Luciana Savignano.

Ruggero Raimondi
et Janine Reiss.

Au premier rang :
Isabelle Huppert, Maurice Béjart,
Jacques Chancel, Luciana
Savignano et Ruggero Raimondi.
Au deuxième rang :
Rolf Liebermann
et Daniel Toscan du Plantier.

Sophia LOREN

32, av. Georges V

75008 PARIS

(copie de la lettre adressée par Jacques Chancel , le I8 Juin I98I)

Ma chère Sophia,

J'aurais souhaité vous rencontrer mais vos voyages sont nombreux... Je vous sais à travers le monde et cette lettre me parait être la seule escale possible. J'aimerais pouvoir compter sur vous.

Le 24 septembre, je consacre notre "Grand Echiquier" à Ruggero Raimondi qui est l'une des plus grandes voix de ce temps. Nous souhaitons vous accueillir ce soir là. Ruggero y tient, ce serait pour lui, pour nous, très grande joie. Il m'a prié d'insister, de vous le demander avec toute la force de l'amitié. Les personnes dont il souhaite s'entourer font partie du cercle tendre de ses admirations. Dites-moi Oui et nous serons heureux.

Je n'ai pas oublié l'heure partagée avec vous. J'espère qu'il y en aura d'autres.

Très amicalement.

Jacques Chancel

Lettre de Jacques Chancel
à Sophia Loren.

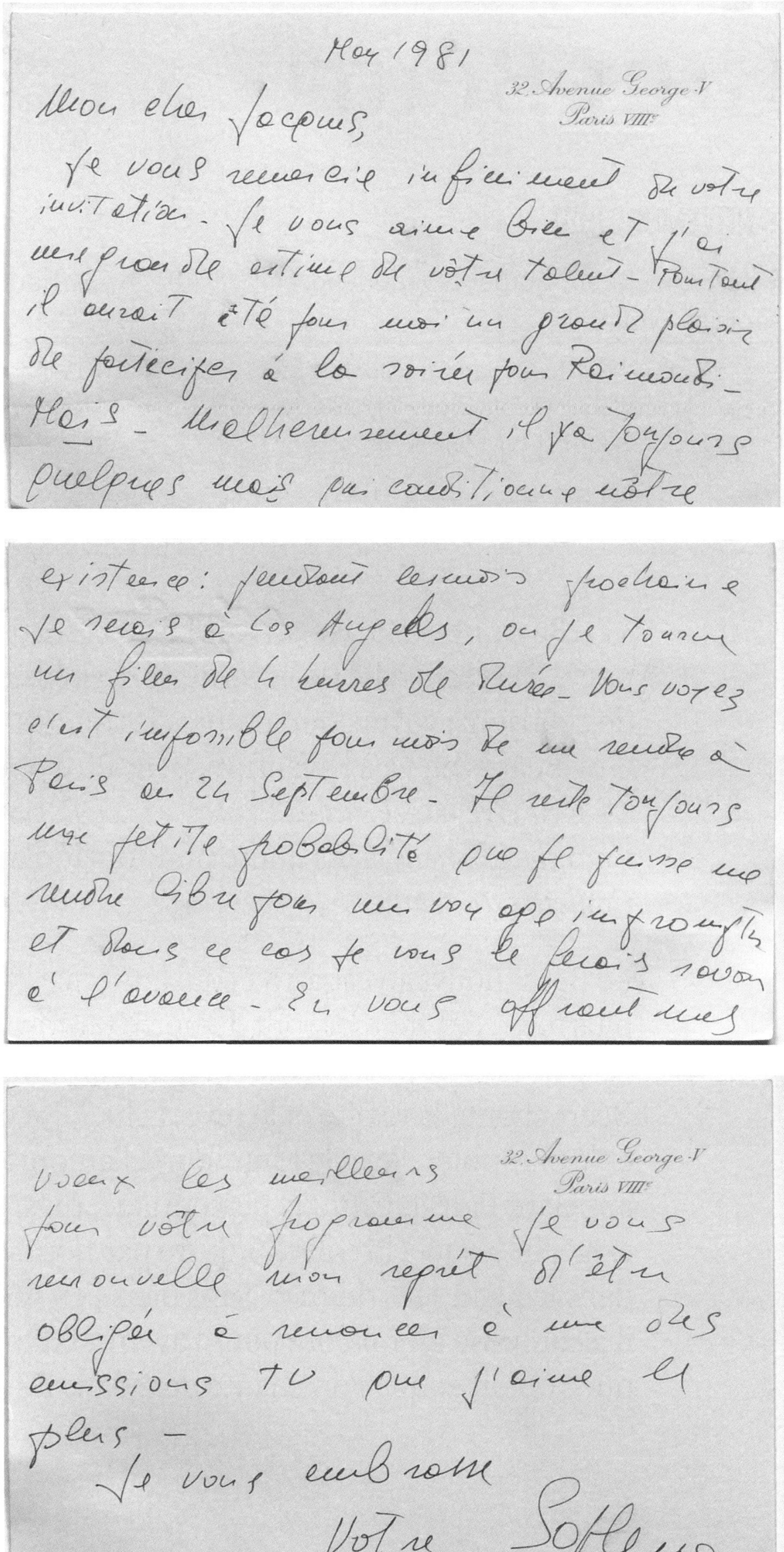

Mai 1981

32 Avenue George V
Paris VIIIe

Mon cher Jacques,

Je vous remercie infiniment de votre invitation. Je vous aime bien et j'ai une grande estime de votre talent. Pourtant il aurait été pour moi un grand plaisir de participer à la soirée pour Raimondi. Mais malheureusement il y a toujours quelques mois qui conditionnent notre existence : pendant les mois prochains je serai à Los Angeles, où je tourne un film de 4 heures de durée. Vous voyez c'est impossible pour moi de me rendre à Paris le 24 Septembre. Il reste toujours une petite probabilité que je puisse me rendre libre pour un voyage impromptu et dans ce cas je vous le ferai savoir à l'avance. En vous offrant mes

32 Avenue George V
Paris VIIIe

vœux les meilleurs pour votre programme je vous renouvelle mon regret d'être obligée à renoncer à une des émissions TV que j'aime le plus.

Je vous embrasse

Votre Sophia

Lettre de Sophia Loren
à Jacques Chancel.

Guy Béart

26 NOVEMBRE 1981

Invités : Guy Béart, Bernard Giraudeau, Hubert Reeves, Robert Sabatier, Laurent Voulzy, Georges Wolinski.

Avec la participation de : Robert Charlebois, Roger Damin, Dominique Dimey, Brigitte Fossey, Denis Ganio, Dominique Khalfouni, Carole Laure, Payenké, Jean-Claude Petit, Yves Simon, la Chorale des enfants de Bondy, l'Orchestre de Saint-Pol-sur-Mer.

« Le Béart nouveau est arrivé ! Le voici sorti de ses refuges et de sa solitude, poète à la recherche de la vérité et des rêves, fort de ses vingt-quatre années de chansons, voyageur de toutes les quêtes… Une fois encore, Guy Béart s'en va à l'aventure, peut-être pour donner une suite à *L'Eau vive*, aux *Grands Principes*, à *L'Espérance folle*, au *Grand Chambardement*, sans doute pour offrir d'autres couleurs aux *Couleurs du temps*.

Le Béart nouveau est arrivé, qui annonce "Demain tu renaîtras plus fort". Ses thèmes sont de notre temps, ce sont l'inquiétude, la folie, l'espérance. Et plus encore si l'on en croit Jean-Louis Barrault… Béart chante la réalité et le rêve, la lucidité et l'espoir, il mêle la satire et le pamphlet, il va de l'humour à l'amour, refusant la médiocrité, appelant l'idéal. Curieux personnage, mystérieux même, exigeant jusqu'à la colère, injuste par honnêteté, populaire dans le plein sens du mot. Sans bien s'en rendre compte, il a composé un folklore pour l'avenir, fait de textes et de musiques que l'on dit et que l'on chante déjà dans les écoles. »

Guy Béart.

Rhodes

Georges Wolinski.

Laurent Voulzy.

Groupe Payenké.

Robert Charlebois.

Jacques Chancel, Carole Laure, Bernard Giraudeau, Guy Béart.

Brigitte Fossey, Bernard Giraudeau et Carole Laure.

C

Guy BEART s'apparente aux poètes de la Renaissance.

Humanistes et libertaires, ils savaient se faire légers sans rien perdre de leur profondeur, pour pénétrer partout, les lieux et les coeurs.

Ses thèmes sont de notre temps avec ses inquiétudes, ses tourbillons et ses espérances. La réalité et le rêve, la lucidité et l'espoir, la vérité, la satire, le pamphlet, le message et l'humour...et l'amour (comme dit Madeleine, ce que Guy réussit le mieux, ce sont les chansons d'amour, un amour éternel et renouvelé), la générosité, le refus de la médiocrité, l'idéal ... cela donne la palette la plus étendue et peut-être la plus originale de la chanson française contemporaine.

Toujours authentique et en même temps surprenant, mystérieux même, à l'image de ce "monde en litige, en chambardement", qu'il chante en gardant l'espérance folle, il se remet sans cesse en question et repart à zéro.

Quelles que soient les couleurs du temps et ses colères, Guy BEART est tonique, il va de l'avant à l'aventure et sa gaieté nous aide à vivre.

Quoi qu'il dise, quoi qu'il fasse, BEART est toujours nouveau et particulièrement cette année.

Anticonformiste par essence, sans masque, sans étiquette, sans caricature d'aucune sorte, son visage finira par se dissoudre derrière ses chansons qui deviendront peut-être demain celles d'un "Anonyme du XXème siècle". Car elles font à la fois partie des succès de notre temps et du folklore de l'avenir.

Jean-Louis BARRAULT

Textes préparatoires.

3

Si malgré ça le monde est gris
Au moins vers toi tu te souris
Toi qui d'amour a toujours faim
Quelqu'un vers toi se tourne enfin

Si tout autour le monde est triste
Fais-toi des grimaces d'artistes
Ouvre les dents bouge les mains
Que c'est bizarre les humains

Si tout autour le monde est froid
Avec des quatrains parle-toi
Avec ça tu peux t'inventer
Que l'hiver ressemble à l'été

Si malgré ça le monde est vide
Pas question d'aller au suicide
A toi seul tu es l'univers
Si ton coeur à tous est ouvert

Au lieu d'aller te fiche à l'eau
Offre-toi tes plus beaux sanglots
Quand on est seul on n'a pas peur
De se mouiller avec des pleurs

4

Si tu te sens abandonné
Dis à voix haute ta journée
Et choisis les meilleurs moments
Pour les redire joliment

Et s'il n'y en a pas un seul
Que tes draps soient un chaud linceul
Pour ton sommeil petite mort
Demain tu renaîtras plus fort

Si tout autour le monde est noir
Embrasse-toi dans le miroir
Le beau miroir le beau miroir
Qui réfléchit le jour l'espoir

L'espoir est aussi dans cette autre chanson qui porte un autre titre d'attente... "<u>Si la France</u>". Le poème mérite d'être lu avant que d'être chanté...

Si la France

Si la France se mariait avec elle-même
Si un jour elle se disait enfin je t'aime

5

Elle inventerait la ronde
Qui épouserait le monde
Si la France s'embrassait
Un jour qui sait

Pour la rose et le lilas en harmonie
La main gauche et la main droite enfin unies
Le bleuet près du muguet
Ce bouquet est jeune et gai
Qui marie toutes les couleurs
En quelques fleurs

Il faudra bien apprendre à vivre ensemble
Dans le besoin ou les baisers
Avec tes voisins tes cousins tes gendres
Tes enfants de choeur opposés

Toi l'éternelle maman célibataire
Qui voudrait dormir avec toute la Terre
Que de serments éternels
Avec des lunes de miel
Pour finir en coup de tête
Après la fête

Pauvre Jeanne la Lorraine et Henri Quatre
Vercingetorix par qui t'es-tu fais battre

6

Où sont cachés les amis
C'est la Saint-Barthélémy
Et la France en plein été
Décapitée

Femme qui tournes contre toi tes armes
Au coeur des combats de quartiers
Il ne te reste parfois que les larmes
Pour retrouver ton amitié

Si la France se mariait avec elle-même
Si un jour elle se disait enfin je t'aime
Elle inventerait le monde
Si la France s'embrassait
Un jour qui sait

Le voilà donc, Béart, qui se remet sans cesse en question et repart à zero mais avec des amis, un convoi fraternel, sans marque et sans étiquette. Bien évidemment, au cours de cet <u>Echiquier</u>, nous réentendrons ses bonnes vieilles chansons... "<u>Chandernagor</u>", "<u>Il y a plus d'un an</u>", "<u>Il n'y a plus d'après</u>", "<u>La vérité</u>", "<u>Bal chez Temporel</u>"... Tout Béart en une soirée.

François Truffaut : les femmes et les enfants d'abord

19 MAI 1982

Invités : Fanny Ardant, Charles Aznavour, Nathalie Baye, Robert Castel, Costa-Gavras, Georges Delerue, Marie Dubois, Simone Langlois, Michel Moureau, Popeck, Lucette Sahuquet, Suzanne Schiffman, François Truffaut.

Avec la participation de : Pierre Rabbath, le Collegium Musicum d'Aquitaine, les Petits Chanteurs de l'Abbaye de Montmartre.

Jacques Chancel et François Truffaut.

Page de droite : Nathalie Baye et François Truffaut.

Popeck.

Nathalie Baye
et François Truffaut.

Georges Delerue,
qui quinze ans auparavant
avait composé le générique
de *Radioscopie*, François
Truffaut et Jacques Chancel.

Simone Langlois.

Au premier rang : Marie Dubois.
Au deuxième rang :
Costa-Gavras, Robert Castel
et Georges Delerue.

Fanny Ardant.

Pierre Amoyal, Emmanuel Krivine et le Nouvel Orchestre philharmonique

21 FÉVRIER 1983

Invités : Pierre Amoyal, Gérard Caussé, Guy Erismann, Michel Glotz, Jean-Noël Jeanneney, René Koering, Emmanuel Krivine, Charles Trenet, Jacques Weber, Alexis Weissenberg, Franco Zeffirelli.

Avec la participation de : Jacques Ferchit, Daria Hovora, Pierre Nicolas, Tedi Papavrami, Roger Pouly, François Rauber, Christian Rémy, Georg Solti, le Nouvel Orchestre philharmonique de Radio France, l'Orchestre national de France.

Au premier rang : Emmanuel Krivine, Jacques Chancel et Pierre Amoyal. Au deuxième rang : Alexis Weissenberg et Daria Hovora.

Pierre Amoyal et Daria Hovora.

Pierre Amoyal et le Nouvel Orchestre philharmonique de Radio France, dirigé par Emmanuel Krivine.

Tedi Papavrami.

Charles Trenet.

C'est le printemps

21 MARS 1983

Invités : Michaël Denard, Enzo Ferrari, Solange Golovine, Fabienne Guyon, Philippe Jallet, Véronique Jannot, Émile Letournel, Sophie Marceau, Laurent Morlot, Mireille Nègre, Didier Pironi, Wilhelmenia Wiggins Fernandez.

Avec la participation de : Olivier Charlier, Yvan Chiffoleau, Hélène Delavault, Roland Dyens, Annette Gruel, Bernard Haillant, Christian Leclerc, Max Musumeci, Ivo Pogorelić, Nicole Rouillé, Claude Schnitzler, Jean-Yves Thibaudet, l'Orchestre de l'Opéra de Paris.

« C'est le printemps. Le voilà, en effet, cet autre 21 mars. Printemps pour tous les âges. Pour les plus jeunes que l'on découvre au commencement d'une vie, aux premières fièvres de l'affrontement avec le public, aux lisières des batailles. Pour les mieux aguerris qui subitement changent de cap, se remettent en question, s'inventent un avenir. Printemps pour tous ceux qui ont décidé de s'accorder aux sèves nouvelles.

Le printemps peut être une naissance ou un bouleversement. Et nous avons pensé que nous pouvions donner leur chance à des musiciens, à des chanteurs, à des acteurs, à des poètes qui se réjouissent de fêter ce jour avec vous.

Il nous fallait un accompagnateur, un guide, une voix, un visage, un tempérament exemplaires. Nous avons désigné Didier Pironi. Parce qu'il sort d'un drame et qu'il a le fier optimisme des vivants. Et puis parce que nous lui devons ce grand retour, en direct, au plein de la foule. »

Wilhelmenia Wiggins Fernandez
et l'Orchestre de l'Opéra
de Paris.

Véronique Jannot.

Olivier Charlier et l'Orchestre de l'Opéra de Paris, dirigé par Claude Schnitzler.

Jean-Yves Thibaudet.

Laurent Morlot.

Wilhelmenia Wiggins Fernandez,
Michaël Denard
et Sophie Marceau.

Didier Pironi.
Au deuxième rang:
Laurent Morlot.

Sophie Marceau.

Ivo Pogorelić.

L'École de danse, le Ballet et les Étoiles de l'Opéra de Paris

23 MAI 1983

Invités : Cyril Atanassoff, Claude Bessy, Yvette Chauviré, Régine Crespin, Michaël Denard, Patrick Dupond, Jacques Garnier, Alexandra Gonin, Jean Guizerix, Rosella Hightower, Georges-François Hirsch, Charles Jude, Miteki Kudo, Françoise Legrée, Monique Loudières, Moses Pendleton, Wilfride Piollet, Noëlla Pontois, Paul Puaux, Catherine Ribeiro, Glen Tetley, Ghislaine Thesmar, Claude de Vulpian, l'École de danse de l'Opéra de Paris.

Avec la participation de : Patrice Bart, Bernard Boucher, Sylvie Clavier, Florence Clerc, Jean-Yves Lormeau, Rudolf Noureev, Georges Piletta, Élisabeth Platel, Georges Pludermacher, André Presser, Stéphane Prince, Francesca Zumbo, le Ballet de l'Opéra de Paris, le Groupe de recherche chorégraphique de l'Opéra de Paris, la Troupe de l'Opéra de Pékin, l'Orchestre Lamoureux.

« L'Opéra de Paris est le berceau de la danse classique. Importée d'Italie au XVIe siècle, c'est à l'Opéra que la technique chorégraphique fut remodelée et affinée ; c'est là que fut créé le style noble qui devait conférer à la danse théâtrale une distinction et une élégance nouvelles. Ce 23 mai 1983, *Le Grand Échiquier* reçoit en direct sur le plateau 15 des Buttes Chaumont les cent cinquante-cinq danseurs du Ballet de l'Opéra de Paris et les cent élèves de l'École de danse, qui est la plus ancienne institution de ce type.

Foyer d'art vivant, le Ballet de l'Opéra de Paris fait donc une rentrée en force sur les petits écrans, au grand complet, dans un florilège des plus étonnantes chorégraphies, et nous pouvons dire qu'il s'agit là d'une grande première. »

Claude de Vulpian et Jean Guizerix.

Les membres du Corps de ballet de l'Opéra de Paris, Bernard Boucher, Françoise Legrée, Patrick Dupond et Glen Tetley : Georges Hirsch apprend en direct à Françoise Legrée qu'elle est nommée danseuse étoile.

Patrick Dupond et Cyril Atanassoff.

Régine Crespin.

Claude de Vulpian, Noëlla Pontois et Patrick Dupond.

Le Corps de ballet de l'Opéra de Paris.

Double-page suivante : le Corps de ballet de l'Opéra de Paris, au complet sur le plateau.

louma
SAMCINE

En direct du Théâtre de l'Est Parisien

20 JUIN 1983

Invités : Maurice André, Gisèle Casadesus, Bernard Chenez, Jean Cosmos, Raymond Devos, Pierre Dux, Juliette Gréco, Francis Lemarque, Philippe Maté, Guy Rétoré, Henri Virlogeux.

Avec la participation de : Michèle Amado, Nicole d'Andréa, Oswald d'Andréa, Pierre Ascaride, Philippe Avron, Daniel Besnehard, Paul Borne, Maxime Casa, Gérard Caussé, Jean-Louis Chautemps, Huguette Cléry, Philippe Davenet, Jacques Di Donato, Anne Doat, Martine Drai, Claude Evrard, Jean-Paul Farré, Christine Fersen, Ami Flammer, Jean-François Heisser, Daniel Humair, François Jeanneau, Hugues Kastner, Sabine Lods, Mischa Maisky, Milva, Claude Nougaro, Philippe Roullier, Rachel Salik, Georges Staquet, Geneviève Taillade, Arlette Téphany, Henri Texier, Jean-Michel Thierry, Jacques Weber, Georges Werler, Geneviève Yeuillaz, l'Orchestre Oswald d'Andréa.

« Chanson, musique, danse, théâtre… Depuis des années, *Le Grand Échiquier* explore tous ces espaces. Après, entre autres, la Comédie Française et l'Opéra, voici, dans ses murs, le Théâtre de l'Est Parisien, qui a totalement réussi la rencontre chaleureuse des artistes et du public. Expérience unique de grands voyageurs de la scène qui ont enraciné leur aventure dans le xxe arrondissement.

Ce sera, pour les comédiens de cette troupe, la fin d'un parcours et le commencement d'une vie nouvelle. En effet, au lendemain de l'émission, le théâtre sera détruit… pour être reconstruit dans de véritables structures qui en feront, en 1985, un splendide instrument de travail. Ainsi sera assurée la continuité obstinée d'une action tout à fait remarquable et inscrite dans le mouvement de la société. Le TEP a su ouvrir ses portes à toutes les formes d'art, il a compris qu'un arrondissement parisien pouvait être un vieux village, il a eu l'intelligence de sortir de son “immeuble” pour aller au milieu des habitants, sans jamais douter de sa mission de service public ni rougir du beau nom de théâtre populaire. Et c'est ce théâtre populaire que nous souhaitons faire mieux connaître.

Nous tenterons une recherche des principaux moments de cette action théâtrale d'enracinement dans le xxe. Nous illustrerons ces différentes étapes avec le concours de tous ceux qui les ont marquées. Ainsi pour la première fois, sur un écran de télévision, nous réinventerons dans un temps donné l'histoire d'une troupe qui ressemble en tous points à celles des baladins du Pont-Neuf d'autrefois. »

Guy Rétoré et Jacques Chancel devant une maquette du TEP.

La troupe du TEP.

Claude Nougaro.

Début de la démolition
du bâtiment du TEP.

Maxime Casa.

Raymond Devos.

Gisèle Casadesus
et Georges Staquet.

Philippe Avron
et Claude Evrard.

Milva.

Oswald et Nicole d'Andréa.

Juliette Gréco.

Jean Cocteau

Cocteau vivant

10 OCTOBRE 1983

Invités : Jean-Pierre Aumont, Jean Babilée, Gilbert Bécaud, Jean-Claude Brialy, Jean-Philippe Collard, Chantal Darget, Edwige Feuillère, Vittorio Gassman, Raymond Gérôme, Robert Hirsch, Jean Marais, Silvia Monfort, François Périer, Roland Petit, Claude Pinoteau, Serge Reggiani, Henri Sauguet, Claude Sérillon, Carole Weisweiller, Francine Weisweiller.

Avec la participation de : Niels Arestrup, Jean-Pierre Bouvier, Maria Casarès, Anne Consigny, Patrick Dupond, Pierre-Marie Escourrou, Antonio Gades, Richard Galliano, Christian Ivaldi, Isabel Karajan, Rick Lukas, Natalia Makarova, Claude Nougaro, Robert Persi, Sophie de Preneuf, François Rauber, Bruno Rigutto, Gabriel Tacchino, Jean-Pierre Wallez, l'Ensemble orchestral de Paris.

Patrick Dupond danse.

Jean Marais.

Serge Reggiani
et Francine Weisweiller.

Jean-Philippe Collard.

Edwige Feuillère.

Antonio Gades et une troupe de danseurs de flamenco.

Robert Hirsch.

Raymond Gérôme, Jean-Claude Brialy, Jean Marais, Jacques Chancel et Edwige Feuillère, devant un décor de Jean Cocteau.

Plácido Domingo

21 NOVEMBRE 1983

Invités : Charles Aznavour, Plácido Domingo, Norma Duval, Robert Hossein, Michel Legrand, Mireille Mathieu, Alain Prost, Janine Reiss, Francesco Rosi, Mikhail Rudy, Daniel Toscan du Plantier, Alexis Weissenberg.

Avec la participation de : Pierre Amoyal, Gabriel Bacquier, Jean Claudric, Luis Antonio García Navarro, Astor Piazzolla, Régine, l'Orchestre national de France.

Plácido Domingo
et Jacques Chancel.

Mikhail Rudy.

Régine et l'Orchestre national de France.

Michel Legrand.

Jacques Chancel, Plácido Domingo et Astor Piazzolla.

Mireille Mathieu.

Plácido Domingo
et Mireille Mathieu.

Charles Aznavour.

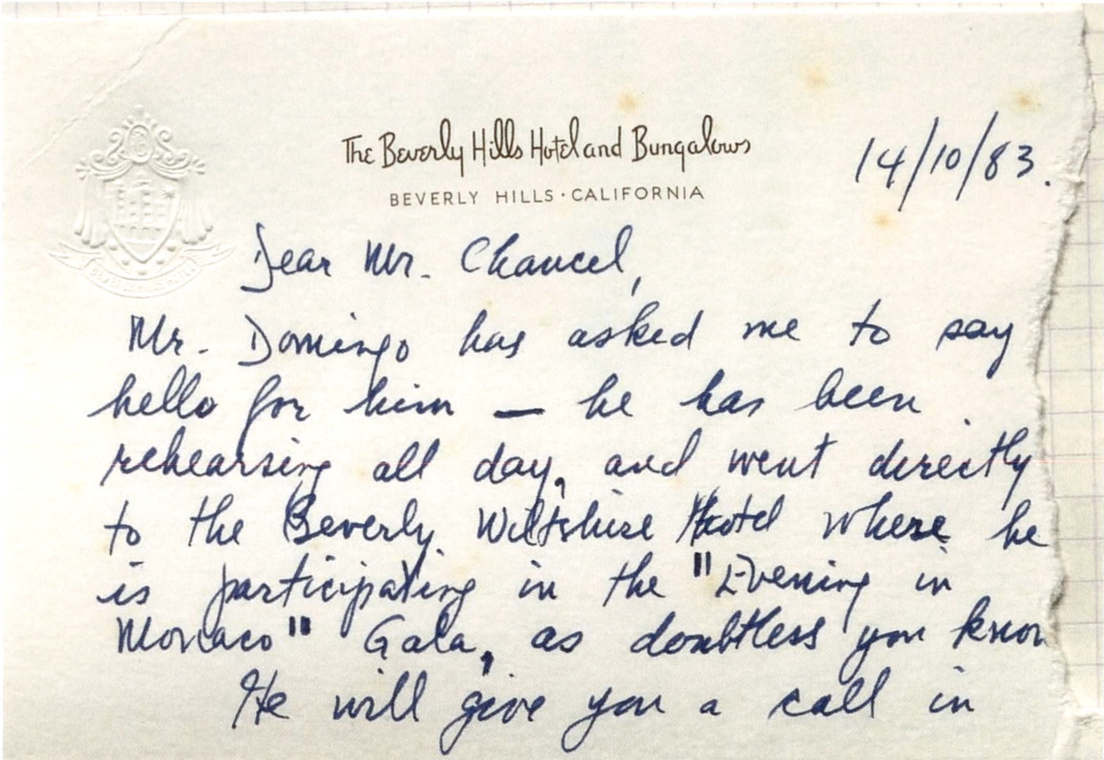

The Beverly Hills Hotel and Bungalows
BEVERLY HILLS · CALIFORNIA

14/10/83.

Dear Mr. Chancel,

Mr. Domingo has asked me to say hello for him – he has been rehearsing all day, and went directly to the Beverly Wiltshire Hotel where he is participating in the "Evening in Monaco" Gala, as doubtless you know. He will give you a call in

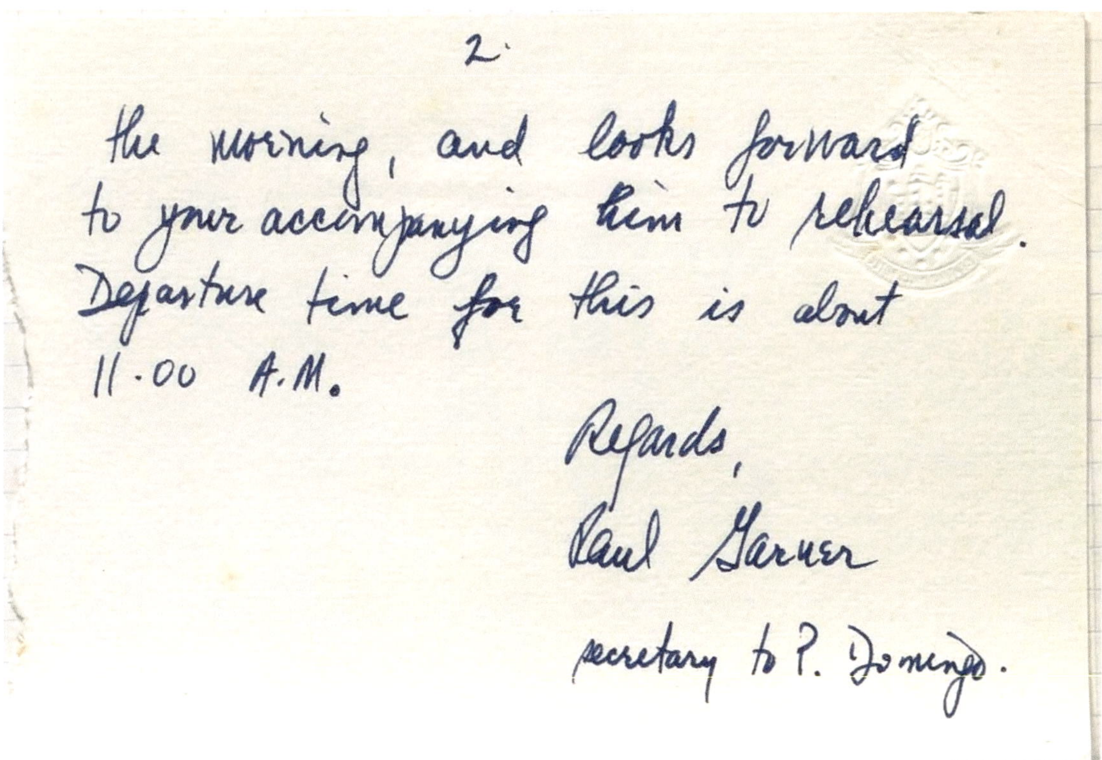

2.

the morning, and looks forward to your accompanying him to rehearsal. Departure time for this is about 11.00 A.M.

Regards,

Paul Garner

secretary to P. Domingo.

Mot du secrétaire
de Plácido Domingo adressé
à Jacques Chancel.

Partition de la chanson
Tous mes rêves, interprétée en
duo par Mireille Mathieu
et Plácido Domingo.

oct. 83 for DUET
PLACIDO DOMINGO
+ MIREILLE MATHIEU
TOUS MES REVES
Lyrics - JEAN DREJAC
Music MICHEL LEGRAND
1
RUBATO
JE VOIS DES COU-LEURS MA-GNI - FI - QUES JE VOIS DES PER-LES, DES OI-
-SEAUX BLEUS JE VOIS DES ÊTRES FAN-TAS - TI - QUES ILS ONT DES FLAMMES DANS LES
YEUX ILS MARCHENT DANS UN CHAMP DE FLEURS AVEC DES GRÂCES DE DAN-SEURS EN ÉCOUTANT CHANTER LES
AN-GES ET NOUS, LES REGARDANT DANS LE PETIT JOUR MUS PAR UN PHÉNOMÈNE É-
-TRAN-GE NOUS PRONONÇONS A NO-TRE TOUR LES MOTS QU'ON DIT DANS LES CHANSONS D'A-
-MOUR TOUS MES RÊ-VES LES PLUS IN-SEN-SÉS SONT AU-
-JOURD'HUI DÉ-PAS-SÉS TOUS MES RÊ-VES LES PLUS
I-NOUÏS QUI SONT DÉPASSÉS PAR LA VIE LA VIE
QUI NOUS A MON - TRÉ DU DOIGT LE BON - HEUR AVEC SES PLEURS AVEC SES
JOIES QU'IL EST DIVIN LE GOÛT DU BONHEUR LE GOÛT
D'AIMER JUSQU'AU PRO-FOND DU COEUR LE BON-HEUR QUI SEM-BLE

Julia Migenes ou les multiples visages de Carmen

19 MARS 1984

Invités : Maurice Béjart, Lawrence Foster, Jean-Philippe Lafont, Julia Migenes, William Milié, Ruggero Raimondi, Janine Reiss, Daniel Toscan du Plantier.

Avec la participation de : Jorge Donn, Anne-Marie Fontaine, Michel Gascard, Marcia Haydée, Michael Heltau, Rick Odums, Evelina Pitti, Pierre Rabbath, John Waddell, Charles Williams, l'Orchestre philharmonique de Monte Carlo.

« Jusqu'à ce mois de mars 1984, elle était une inconnue célèbre. Seules l'Amérique et l'Allemagne ont su lui donner sa vraie place. Et pourtant, à Genève, on aurait dû la couronner, tout le monde avait été enthousiasmé par sa performance : Maurice Béjart l'avait engagée pour *Salomé*. Ce fut un triomphe. Mais l'opéra a d'étranges prudences, il faut aller tranquillement à lui, ne pas bousculer ses habitudes et son ordre durement établi. Il finit un jour par reconnaître les siens. Et Julia Migenes est aujourd'hui au plus beau, au plus évident de sa route. Le monde entier va découvrir son visage, sa voix, son talent : elle est la Carmen assez inattendue du nouveau film de Francesco Rosi. Un évènement musical.

Julia Migenes est fascinante. Il y a quelque chose d'envoûtant dans son visage et dans son corps. Cheveux fous dans un désordre parfait, tête de reine gitane, yeux de braise. Rien à voir avec une diva classique. Un mystère. Elle est au premier regard une surprise. »

Julia Migenes Johnson,
Daniel Toscan du Plantier
et Jacques Chancel.

Charles Williams,
Julia Migenes Johnson
et John Waddell.

Charles Williams.

Michel Gascard, John Waddell,
Maurice Béjart
et Julia Migenes Johnson.

Danseuses et musiciens du film *Carmen* (1984).

John Waddell et Charles Williams.

Jean-Philippe Lafont.

Michel Gascard.

Philippe Chatrier : le sport et la vie

16 AVRIL 1984

Invités : Marcel Bernard, Mathieu Bisséni, Roger Cazes, Jacques Chaban-Delmas, Philippe Chatrier, Jean-Loup Dabadie, Albert Ferrasse, Jean Gachassin, Marcel Hansenne, Nathalie Herreman, Alain Mimoun, Yannick Noah, Pascale Paradis, Jean-Pierre Rives, Cecilia Rodhe, Juan Antonio Samaranch, Catherine Suire, Jean Vuarnet.

Avec la participation de : Irène Aïtoff, Roland Audinet, Pierre Bachelet, Marie-Paule Belle, Sacha Distel, Robert Escuras, Eva Graubin, Alfredo Kraus, Katia Labèque, Marielle Labèque, Claude Luter, Francis Perrin, Yannick Singéry, Jean-Louis Steuerman, The Cambridge Buskers, l'Orchestre Claude Luter.

Philippe Chatrier, Marcel Hansenne et Jacques Chancel.

Page de droite : Plateau de l'émission « Philippe Chatrier : le sport et la vie ».

82

82

Au premier rang:
Jean Gachassin, Philippe Chatrier, Jacques Chancel, Roger Cazes et Pierre Bachelet.
Au deuxième rang:
Jean Vuarnet, Jacques Chaban-Delmas et Marcel Bernard.

Marie-Paule Belle.

Jean Gachassin, Jean-Pierre Rives et Philippe Chatrier.

Katia et Marielle Labèque.

Jean Gachassin.

Jacques Chancel,
Jean Vuarnet
et Alain Mimoun.

Daniel Barenboim et l'Orchestre de Paris à New York

25 JUIN 1984

Invités : Daniel Barenboim, Henri Duchamp, Luciano Pavarotti, Léon Schwartzenberg, Étienne Vatelot, Elie Wiesel.

Avec la participation de : Claude Bardon, Dietrich Fischer-Dieskau, Zubin Mehta, le Chœur de l'Orchestre de Paris, l'Orchestre de Paris.

Daniel Barenboim dirigeant l'Orchestre de Paris.

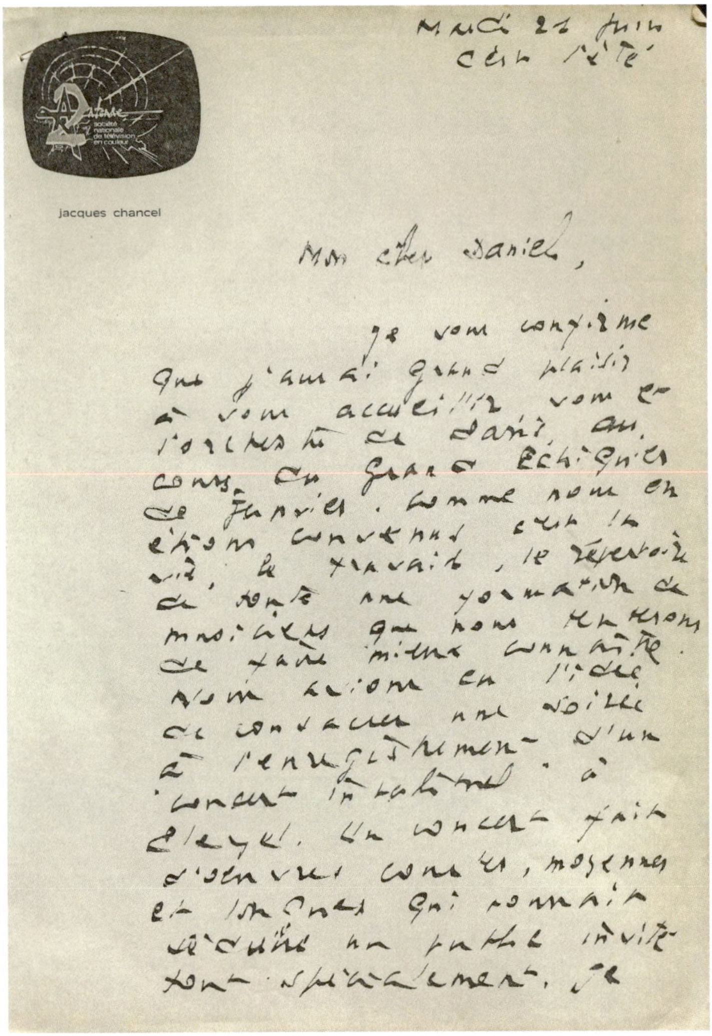

jacques chancel

Mardi 21 juin
c'est l'été

Mon cher Daniel,

Je vous confirme que j'aurai grand plaisir à vous accueillir vous et l'orchestre de Paris au cours du Grand Échiquier de janvier. Comme nous en étions convenus, la vie, le travail, le répertoire de toute une formation de musiciens que nous aimerions de faire mieux connaître. Nous avions eu l'idée de consacrer une soirée d'un enregistrement d'un concert intégral à Pleyel. Un concert fait d'œuvres connues, moyennes et longues qui donnerait à un public invité tout spécialement. Je

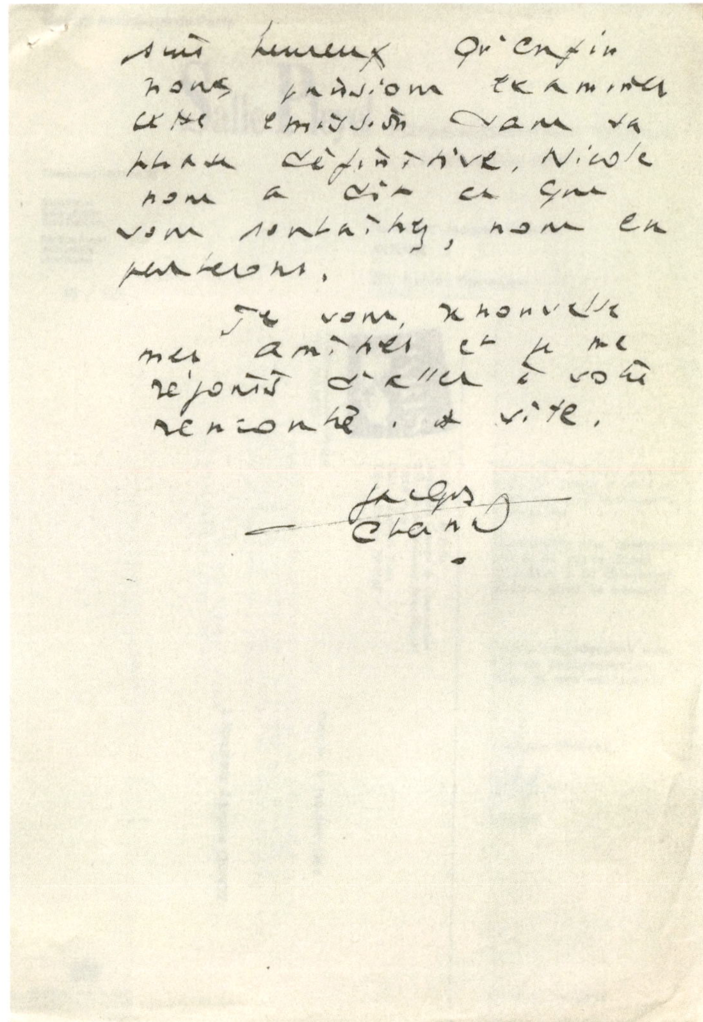

suis heureux qu'enfin nous puissions examiner cette émission dans sa forme définitive. Nicole nous a dit ce que vous souhaitez, nous en parlerons.

Je vous renouvelle mes amitiés et je me réjouis d'aller à votre rencontre très vite.

Jacques Chancel

Lettre de Jacques Chancel
à Daniel Barenboim.

Luciano Pavarotti.

Jessye Norman, la grande dame

19 NOVEMBRE 1984

Invités : Jean-Claude Casadesus, Michaël Denard, Eliakim, Alain Marion, Jessye Norman, Pierre Salinger, Bobby Short, Ghislaine Thesmar.

Avec la participation de : Elizabeth Cooper, Beverly Peer, Robert Scott, le Chœur régional Vittoria d'Île-de-France, le Dance Theater of Harlem, l'Ensemble vocal Michel Piquemal, l'Orchestre national de Lille.

Jessye Norman
et l'Orchestre national de Lille.

Jessye Norman et le Chœur
régional Vittoria d'Île-de-France.

La troupe du Dance Theater of Harlem.

Jessye Norman et le Chœur régional Vittoria d'Île-de-France.

Jessye Norman

Double-page suivante :
Elizabeth Cooper
et Jessye Norman.

Bobby Short et son trio.

sendorfer

Premiers de cordée

17 DÉCEMBRE 1984

Invités : Richard Anconina, Gabriel Bacquier, Gérard Caussé, Élie Chouraqui, Christian Ivaldi, Valérie Kaprisky, Christophe Lambert, Enrico Macias, Alain Meunier, Pierre Petit, Rita Streich, Pierre-Alain Volondat.

Avec la participation de : Pierre Amoyal, Michel Arrignon, Maurice Baquet, Frédérique Cambreling, Jeff Cohen, Harry Cox, Céline Dion, Pierre Etcheverry, Ami Flammer, Bruno Fontaine, Sylvie Gazeau, Daria Hovora, Shigenori Kudo, Michel Lasserre de Rozel, Tedi Papavrami, Barthélémy Raffo, Cécilia Tsan, The Cambridge Buskers, le Quatuor Hagen, le Quatuor Ivaldi, la Maîtrise de Radio France.

Au premier rang : Christophe Lambert, Valérie Kaprisky, Richard Anconina et Jacques Chancel. Au deuxième rang : Pierre Etcheverry et Céline Dion. Au troisième rang : Martine Chancel.

Tedi Papavrami.

Rita Streich et la Maîtrise de Radio France.

Céline Dion.

Jacques Chancel
et Gabriel Bacquier.

Le Quatuor Ivaldi.

Enrico Macias
et Christophe Lambert.

Serge Lama : les battants

21 JANVIER 1985

Invités : Christine Delaroche, Alice Dona, Patrick Dupond, Patrick Edlinger, Guy Fallot, Bernard Hinault, Serge Lama, Thierry Le Luron, Jacques Rosny, Nadine de Rothschild, Bernard Tapie.

Avec la participation de : Jean-Claude Beneteau, Patrice Dozier, Yves Gilbert, Bernard Laroche, Maxime Le Forestier, Jacques Morineau, Claude Perraudin, Rita Possa.

Au premier rang : Serge Lama, Jacques Chancel et Thierry Le Luron. Au deuxième rang : Jacques Rosny, Christine Delaroche, Patrice Dozier et Patrick Edlinger.

Serge Lama.

Au premier rang :
Nadine de Rothschild,
Serge Lama
et Jacques Chancel.
Au deuxième rang :
Thierry Le Luron,
Bernard Hinault
et Bernard Tapie.

Au premier rang :
Serge Lama
et Christine Delaroche.
Au deuxième rang :
Nadine de Rothschild,
Bernard Hinault
et Jacques Rosny.

Nadine de Rothschild
et Bernard Tapie.

Jacques Morineau.

Un chœur accompagne
Serge Lama.

Thierry Le Luron.

La Danse ou Dupond avec deux D

25 MARS 1985

Invités : Claude Bessy, Fabrice Bourgeois, Max Bozzoni, Yvette Chauviré, Elizabeth Cooper, Viviane Descoutures, Jean-Marie Didière, Nicole Dupond, Patrick Dupond, André-Philippe Hersin, Sylvie Joly, Francis Lalanne, André Larquié, Françoise Legrée, Monique Loudières, Corinne Obadia, Noëlla Pontois, Henry Puget, Norbert Schmucki, Yannick Stephant, Claude de Vulpian, l'École de danse de l'Opéra de Paris.

Avec la participation de : Boris Belkin, Olivier Charlier, Dietrich Fischer-Dieskau, Sylvie Guillem, Laurent Hilaire, Dominique Khalfouni, Manuel Legris, Élisabeth Maurin, Nicoletta, Hermann Prey, Margaret Price, Jean-Philippe Puymartin, Nathalie Riqué, l'Orchestre Henry Puget, l'Orchestre philharmonique de Londres.

Patrick Dupond et Jacques Chancel dansent sur le plateau.

Patrick Dupond.

Hermann Prey.

Elizabeth Cooper
et Jacques Chancel, au piano.

Au premier rang : Noëlla Pontois,
Patrick Dupond, Corinne Obadia
et Jacques Chancel.
Au deuxième rang : Elizabeth
Cooper et Francis Lalanne.

Sylvie Joly et Patrick Dupond.

Bösendorfer

L'Irrésistible Ascension de Michel Jonasz

15 AVRIL 1985

Invités : Michel Jonasz, Alex Métayer, Claude Nougaro, Jean-Marc Roberts, Véronique Sanson, Alain Souchon, Gabriel Yared.

Avec la participation de : Jean-Yves d'Angelo, Dominique Bertram, Nicole Billy, Patrick Bourgoin, Jean Chavot, Michel Gaucher, Stéphane Henoch, Manu Katché, Bernard Lubat, Pierre Michelot, Olivier Mouly, Muriel Pouzenc, Kamil Rustam, William Sheller, Arthur Simms, John Simms, Christophe Soulier, Maurice Vander.

Michel Jonasz
et Jacques Chancel.

Véronique Sanson.

Michel Jonasz,
Arthur et John Simms.

Michel Jonasz,
Arthur et John Simms.

Michel Jonasz
et Véronique Sanson.

Michel Jonasz.

Alain Souchon, William Sheller
et Véronique Sanson.

Bernard-Henri Lévy

20 OCTOBRE 1985

Invités : Maurice André, Georges-Marc Benamou, Lucien Bodard, Michel Boujenah, César, Harlem Désir, Françoise Fabian, Jean-Claude Fasquelle, France Gall, Bernard-Henri Lévy, Jacques Martinez, Michel Petrucciani, Mikhail Rudy, Jean-Michel Wilmotte, Yohji Yamamoto.

Avec la participation de : Béatrice André, Nicolas André, André Arpino, Richard Berry, Francis Darizcuren, Jean-Michel Defaye, Michel Dennis, Marielle Nordmann, Serge Perathoner, Kamil Rustam, Gérard Salmieri, Jannick Top.

Bernard-Henri Lévy
et Jacques Chancel,
dans son bureau d'Antenne 2,
au 22, avenue Montaigne.

Michel Petrucciani.

Jean-Michel Defaye,
Francis Darizcuren
et Maurice André.

Marielle Nordmann,
Michel Dennis, Béatrice André
et Maurice André.

Mikhail Rudy.

Serge Perathoner,
Gérard Salmieri, France Gall
et Jannick Top.

Michel Boujenah, Lucien Bodard,
Jean-Michel Wilmotte,
Jean-Claude Fasquelle
et Jacques Martinez.

Jacques Chancel,
Yohji Yamamoto,
Harlem Désir et César.

Michel Berger

03 NOVEMBRE 1985

Invités : Daniel Balavoine, Erik Berchot, Michel Berger, Jean-Jacques Goldman, Johnny Hallyday, Güher Pekinel, Süher Pekinel, Luc Plamondon, Fabienne Thibeault, Jean-Louis Vigier.

Avec la participation de : Hervé Billaut, Jeanne Mas, l'Orchestre Colonne.

« Après Bernard-Henri Lévy et la modernité, avant Jorge Amado retrouvé sur ses terres brésiliennes, l'un des auteurs-compositeurs les plus doués de sa génération. Catalyseur, metteur en scène, secret, pudique. Trop modeste sans doute pour une planète où il faut d'abord faire image.

Depuis longtemps, nous souhaitions lui consacrer une soirée. Le temps est donc venu de l'écouter dans cet espace différent qu'est *Le Grand Échiquier*. Michel Berger a tout connu, le confort et les échecs, le bonheur personnel de créer et le succès de ses interprètes. Il a donné aux autres ses propres moissons, à Véronique Sanson, France Gall, Diane Dufresne, Françoise Hardy, Elton John, Fabienne Thibault (aujourd'hui Johnny Hallyday) un peu de leur répertoire. Il a remarquablement construit sa carrière, avec effacement, sans doute, mais avec générosité.

Michel Berger – et c'est un évènement – a décidé d'exister, d'être interprète à part entière, offert aux lumières et aux critiques. Il n'est plus seulement un intermédiaire. Il est totalement acteur de sa propre imagination. Toujours sincère, encore accordé à la sobriété. Débarrassé de tout automatisme, la ferveur en plus. »

Michel Berger.

Michel Berger, Johnny Hallyday, Erik Berchot et Jacques Chancel.

Michel Berger
et Johnny Hallyday.

Daniel Balavoine.

Johnny Hallyday
et Jacques Chancel.

Michel Berger et Jeanne Mas.

Jeanne Mas.

Jean-Jacques Goldman.

Spécial Festival de Cannes

15 MAI 1986

Invités : Anouk Aimée, Frédéric Andréi, Jean-Hugues Anglade, Charles Aznavour, Jean-Jacques Beineix, Philippe Bender, Richard Berry, Michel Bonnet, Paul Boujenah, Jean-Claude Carrière, Robert Charlebois, Jean-Philippe Collard, Béatrice Dalle, Jean Delannoy, Plácido Domingo, Hugues Gall, Gilles Jacob, Véronique Jannot, Roland Joffé, Mohammed Lakhdar-Hamina, Christophe Lambert, Patrice Ledoux, Michel Legrand, Claude Lelouch, Eddy Mitchell, Ennio Morricone, Patrick Poivre d'Arvor, Sydney Pollack, Charlotte Rampling, Serge Silberman, Wadeck Stanczak, Pierre Viot, Franco Zeffirelli.

Avec la participation de : Liliane Dayde, Justino Díaz, Christian Gaubert, Katia Ricciarelli, l'Orchestre régional de Cannes Provence-Alpes-Côte d'Azur.

Charlotte Rampling.

Jean-Philippe Collard, Jacques Chancel, Richard Berry, Charlotte Rampling et Béatrice Dalle.

Jacques Chancel, Véronique Jannot, Michel Legrand, Eddy Mitchell, Sydney Pollack, Jean-Hugues Anglade et Philippe Bender.

Charlotte Rampling.

Justino Díaz.

Jean-Philippe Collard.

Béatrice Dalle.

Jean-Jacques Beineix. Richard Berry. Michel Legrand. Wadeck Stanczak.

Toute la musique pour l'arbre de vie

24 SEPTEMBRE 1986

Invités : Hélène Ahrweiler, Robert Aron-Brunetière, Raymond Dedonder, Alain Devaquet, Patrick Dupond, Aryeh Dvoretzky, François Gros, Sylvie Guillem, Lucien Israël, François Léotard, André Lwoff, Steve Marcus, Yves Montand, Robert Parienti, Luciano Pavarotti, Leo Sachs, Ovadia Soffer, Paul Tortelier, Simone Veil, Wilhelmenia Wiggins Fernandez.

Avec la participation de : Ohad Ben-Ari, Angelo Branduardi, Aled Jones, Gary Lakes, Shlomo Mintz, Raphaël Oleg, Adela Peña, Maria João Pires, Uri Segal, Tamás Vásáry, les Chœurs de Radio France, l'Orchestre de chambre de Norvège, l'Orchestre symphonique de Jérusalem.

L'émission s'est déroulée en direct de la Sorbonne, en hommage aux chercheurs et à l'Institut Pasteur-Weizmann et en présence de l'ambassadeur d'Israël en France, Ovadia Soffer.

Wilhelmenia Wiggins Fernandez et l'Orchestre symphonique de Jérusalem, dirigé par Uri Segal.

Page de droite :
Simone Veil et Jacques Chancel.

Jacques Chancel et Yves Montand.

Alain Prost : champion d'accord mais… après !

26 NOVEMBRE 1986

Invités : Stéphane Collaro, François-René Duchâble, Jean-Pierre Jabouille, Jacques Laffite, Philippe Lavil, Henri Leconte, Michel Leeb, Gérard Lenorman, Émile Letournel, Mansour Ojjeh, Alain Prost, Michel Sardou.

Avec la participation de : Lio, Susana Rinaldi, Jean Sala, Henri Salvador, Margarita Zimmermann.

Alain Prost.

Ci-contre :
Jacques Chancel et Alain Prost.

Gérard Lenorman.

Philippe Lavil et Alain Prost.

Susana Rinaldi et ses musiciens.

Henri Salvador.

Lio et ses danseuses.

APOLLO
GRAND ECHIQUIER
JACQUES CHANCEL
STARRING
KIRI TE KANAWA
PARKING
BUICK

Les Nuits du bout du monde

24 DÉCEMBRE 1986

Invités : Gérard Caussé, Michel Dalberto, Michaël Denard, Augustin Dumay, Brigitte Engerer, Françoise Legrée, Cho-Liang Lin, Riccardo Muti, Jean-Bernard Pommier, Kiri Te Kanawa, Laurent Voulzy, Jacques Weber, la Maîtrise de Radio France.

Avec la participation de : Guy Béart, Shirley Horn, l'Orchestre de Saint Luke de New York, l'Orchestre Sinfonia Varsovia.

Jacques Chancel devant le théâtre Apollo, temple du jazz, à Harlem.

Ci-contre : Jacques Chancel et la soprano Kiri Te Kanawa.

Kiri Te Kanawa. Jacques Chancel.

APOLLO
GRAND ECHIQUIER
JACQUES CHANCEL
STARRING
KIRI TE KANAWA
PARKING
25¢ PER ½ HR

Henri Salvador : chantons français !

21 JANVIER 1987

Invités : Raymond Devos, Paul Misraki, Sabine Paturel, Sophie Renoir, Henri Salvador, Philippe de Villiers.

Avec la participation de : Carol Arnauld, Jean-Pierre Debarbat, Françoise Dorin, Yves Duteil, Ivry Gitlis, Christophe Laurent, Philippe Lavil, Éric Le Lann, Jean Le Poulain, David Lively, Malavoi, Eddy Mitchell, Roland Pidoux, Diane Tell, Fabienne Thibeault, Maurice Vander, le Trio Pasquier.

Jacques Chancel et Henri Salvador.

Henri Salvador chante devant Ivry Gitlis, Fabienne Thibeault, Jacques Chancel et Raymond Devos.

Henri Salvador, Jacques Chancel, Sophie Renoir, Raymond Devos et Carol Arnauld.

D
i
S
A
L
V

Jean d'Ormesson, un homme du monde

09 SEPTEMBRE 1987

Invités : Arletty, Guy Béart, Raymond Devos, Hélène Grimaud, Karl Lagerfeld, Ludmila Mikaël, Pierre Nora, Jean d'Ormesson, Jacqueline de Romilly, Maria Tipo.

Avec la participation de : John Elwes, Jacques Faizant, Patrick Ladoucette, Christine Laforêt, Gérard Prévost, Didier Van Cauwelaert, Jean-Claude Veilhan, l'Ensemble La Grande Écurie et la Chambre du Roy.

Jacques Chancel, Jean d'Ormesson et Jacqueline de Romilly.

Au premier rang : Hélène Grimaud, Raymond Devos, Jacques Chancel et Jean d'Ormesson. Au deuxième rang : Alain Meunier, Annick Goutal et Karl Lagerfeld.

Ci-contre : Jacques Chancel et Jean d'Ormesson.

Arletty, alors âgée
de quatre-vingt-neuf ans.

Jacques Chancel et Arletty.

Deux hommes dans le siècle : le commandant Cousteau et Gilbert Bécaud

24 OCTOBRE 1988

Invités : Gilbert Bécaud, Jacques-Yves Cousteau, Jean-Michel Cousteau, Ysabelle Lacamp.

Avec la participation de : Fernand Boudou, Daniel Carlet, Benjamin Cohen, Virginie Constantin, Pierre Dor'ragon, Lionel Jouot, Léonard Raponi, Patrick Rousseau, Philipe Slominski, Sophie Walter.

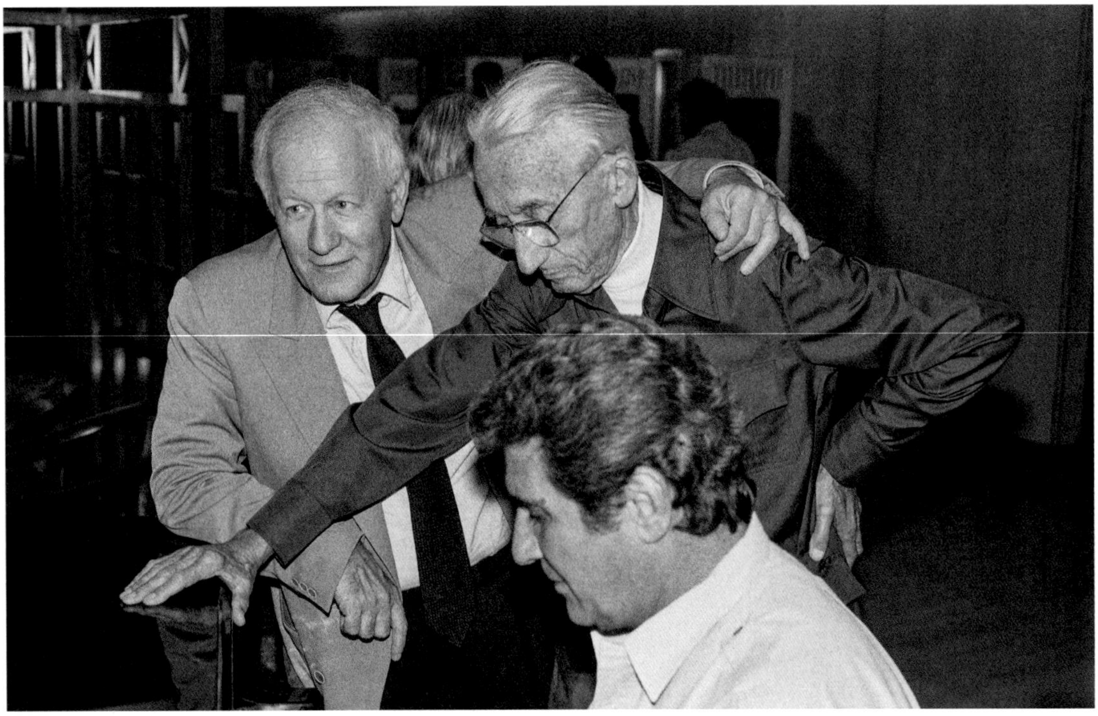

Jacques Chancel, Jacques-Yves Cousteau et Gilbert Bécaud.

Page de droite :
Gilbert Bécaud accompagné par Pierre Dor'ragon et Léonard Raponi.

Gilbert Bécaud.

Jacques-Yves Cousteau,
Jacques Chancel
et Gilbert Bécaud.

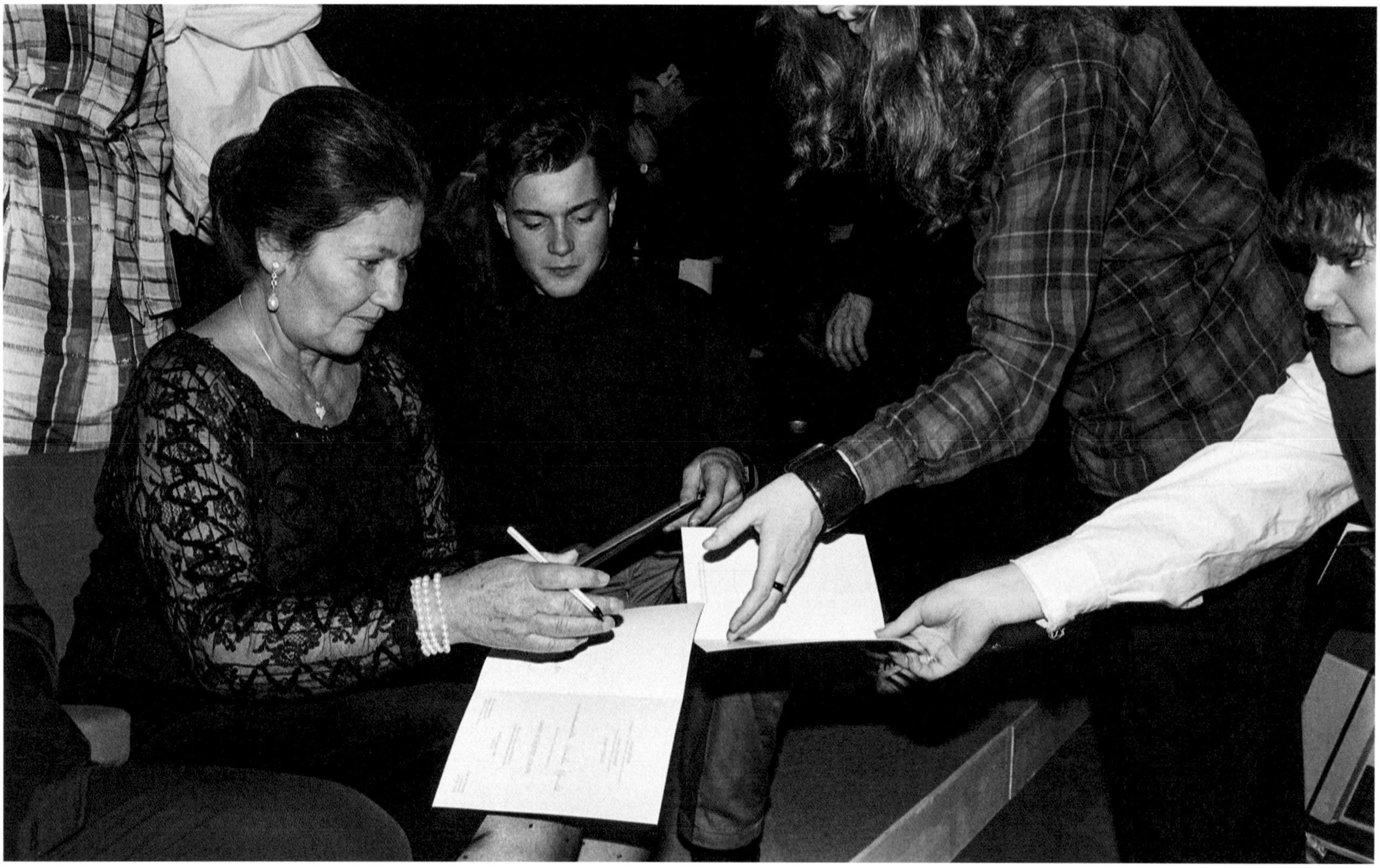

Jacques Delors, demain l'Europe

23 JANVIER 1989

Invités : Paolo Conte, Jacques Delors, Jean-Michel Folon, Françoise Giroud, Felipe González, Wilfried Martens, François Mitterrand, Stephen Roche, Yves Simon, Elizabeth Sombart, Cor Van der Klugt, Simone Veil.

Avec la participation de : Patrice Caratini, Philip Catherine, Marc Fosset, James Galway, Stéphane Grappelli, Jean Jakus, Mendi Rodan, Amália Rodrigues, José Van Dam, les Chœurs de la communauté européenne, la Chorale basque Pottoroak, l'Orchestre national de Belgique.

Simone Veil, lors de cette émission en direct du Parlement européen, à Bruxelles.

Jacques Delors, un jeune étudiant allemand, Françoise Giroud et Jacques Chancel.

Ci-contre :
Jacques Delors, Jean-Michel Folon, Wilfried Martens et Jacques Chancel.

Amália Rodrigues.

Jacques Delors.

De Moscou à Léningrad

27 FÉVRIER 1989

Invités : Jean-Loup Chrétien, Rodion Chtchedrine, Yves Duteil, Michel Legrand, Vladimir Minin, Maïa Plissetskaïa, Mikhail Rudy, Iouri Temirkanov.

Avec la participation de : Claude Bolling, le Chœur de chambre de Moscou, l'Ensemble de danse folklorique Igor Moïsseïev, l'Orchestre philharmonique de Léningrad.

Iouri Temirkanov et Jacques Chancel en duplex depuis Moscou, Mstislav Rostropovitch depuis Léningrad.

Page de droite :
Mikhail Rudy et Jacques Chancel.

Yves Duteil sur la place Rouge.

Michel Legrand.

Mikhail Rudy
et Jacques Chancel.

Vladimir Minin.

Le trio de Claude Bolling.

Trente ans après : les années 2020

25 SEPTEMBRE 1989

Invités : Jean Bernard, Olivier Charlier, Elsa, Gilles Glicenstein, Nathalie Grande, Philippe Guilhaume, Martin Hirsch, Philippe Merle, Claude Nougaro, Laurent Petitgirard, Joël de Rosnay, Bertrand de Talhouët, Lambert Wilson.

Avec la participation de : Raymond Donnez, Brigitte Engerer, Maurice Vander, Isabelle Vernet, l'Orchestre philharmonique de France.

« Septembre 1989. Le mois est celui, habituel, de la rentrée. L'année est celle du souvenir.

La France et le monde ont fêté le bicentenaire de la Révolution. Nous sommes donc allés loin en arrière. Pourquoi ne pas aller maintenant de l'avant… Nous nous souvenons de ce que disait le général de Gaulle dans les années 1960 : "1990 sera un cap, un millésime de première importance, l'univers fera le point." André Malraux déclarait au même moment : "Le XXIe siècle sera spirituel ou ne sera pas. 1990 marquera déjà le nouveau départ du cycle."

Souhaitant respecter ce temps de projection sur l'avenir, nous avons eu l'idée de nous interroger sur les années 2020 : Après 1960-1990, voici 1990-2020.

On serait tenté, par optimisme, par générosité, de dire : une paix de trente ans. En tout cas, ces trente nouvelles années étonneront le monde puisque l'on s'accorde à croire qu'elles seront essentielles, qu'elles marqueront l'histoire de l'univers.

Éloignant pour un soir la politique et l'économie, nous allons essayer de comprendre ce que sera la vie dans ce commencement du troisième millénaire, ce que l'on réserve au plaisir. La lecture, la musique, les voyages, le divertissement, d'après les sociologues, occuperont une place déterminante dans l'existence. Les artistes ont aussi le droit de faire leurs prévisions.

Les années 2020, que de questions ! Que sera le monde dans trente ans ? Aura-t-il changé de couleur ? Les odeurs seront-elles les mêmes ? Le progrès aura-t-il eu raison des grands fléaux ? L'homme sera-t-il plus intelligent ? Comment vivra-t-on ? »

Lambert Wilson et l'Orchestre philharmonique de France, dirigé par Laurent Petitgirard.

Maurice Vander
et Claude Nougaro.

Jean Bernard, Jacques Chancel, Joël de Rosnay et Philippe Guilhaume.

Double-page suivante : plateau de l'émission « C'est le printemps », le 21 mars 1983. Au piano, Jean-Yves Thibaudet.

Jacques Chancel, Brigitte Engerer et Joël de Rosnay.

Claude Nougaro, Elsa, Jacques Chancel, Laurent Petitgirard et Joël de Rosnay.

POSTFACE

Un lieu de mémoire

PAR AGNÈS CHAUVEAU, DIRECTRICE GÉNÉRALE DÉLÉGUÉE DE L'INA

Avec *Nos Années Grand Échiquier*, l'INA, en partenariat avec les éditions Flammarion, poursuit son ambition de faire vivre notre patrimoine en librairie.

Rassemblant plus de deux cent cinquante photographies inédites issues des fonds de l'INA, ce livre propose un voyage au cœur du *Grand Échiquier*, restituant l'atmosphère unique du studio 15 des Buttes Chaumont. Entraînant le lecteur dans les coulisses de l'émission, il reproduit les archives personnelles de Jacques Chancel, les listes d'invités, croquis de décor ou correspondances ; deux cents cahiers manuscrits, confiés par Martine Chancel au service des archives écrites de l'INA, qui témoignent de l'exigence de Jacques Chancel dans la préparation de chaque émission.

Diffusé de 1972 à 1989, en direct et durant plus de trois heures, *Le Grand Échiquier* offre un subtil mélange de performances, d'entretiens et de reportages, avec pour seul objectif de placer la culture à portée de téléspectateurs, de tous les téléspectateurs, grâce à une conversation qui se veut à la fois culturelle et populaire : musique classique et chanson, savants célèbres et vedettes du cinéma ou du show business, Jacques Chancel innove.

Sous la réalisation experte et inventive d'André Flédérick – qui fut l'assistant de Jacques Demy sur *Les Parapluies de Cherbourg* –, chaque émission est pensée comme un spectacle à part entière. La parole des invités est intégrée à une mise en scène soigneusement conçue, un écrin visuel qui occupe encore aujourd'hui une place à part dans l'histoire audiovisuelle. *Le Grand Échiquier* est une des incarnations d'une télévision de « service public » proposant à la fois divertissement et culture, remarquable dans le fond comme dans la forme.

Au fil de ces pages renaissent les années 1970 et 1980 : les artistes emblématiques – Lino Ventura, Isabelle Adjani, Juliette Gréco, Yves Montand – côtoient de nouveaux talents – Jean-Jacques Goldman, Lio, Céline Dion ou Patrick Dupond – devant un public nombreux qui était leur tout premier. L'aventure ouvre la télévision française sur le monde grâce à des artistes d'envergure internationale tels que Jessye Norman, Leonard Cohen ou Joan Baez, qui brillent sous les projecteurs de l'ORTF, d'Antenne 2 puis de France 2.

Aujourd'hui proposé par France Télévisions dans une nouvelle version, *Le Grand Échiquier* n'a pas seulement été un succès d'audience. Au fil des années, l'émission est aussi devenue un véritable « lieu de mémoire », une fenêtre ouverte par laquelle résonnent toutes les voix qui façonnent notre culture commune.

Émission « Jean-Claude Casadesus et l'Orchestre philharmonique de Lille », le 26 juin 1980.

POSTFACE

Le meilleur de nous-mêmes

PAR PIERRE-ANTOINE CAPTON, PRÉSIDENT DE MEDIAWAN

Le Grand Échiquier, c'était Jacques. Et Jacques, c'était *Le Grand Échiquier*. Ce mélange fou de culture, d'ouverture, de curiosité, de générosité... J'ai eu la chance de le rencontrer en 2005 et je ne mesurais pas à quel point il allait changer ma vie. Avec lui, chaque engueulade était une preuve d'intérêt – il pouvait râler après *C à Vous* parce qu'on parlait trop cuisine, mais au fond c'était sa façon de m'aider à grandir, de me pousser à sortir du confort.

Ce qui m'a marqué chez lui, c'est surtout son écoute. On pouvait parler des heures chez lui, à Paris ou à Miramont, de foot, du Tour de France, de Bach ou d'Abba, du dernier roman qu'il avait lu ou d'une interview qui l'avait bouleversé. Il passait d'un sujet à l'autre avec appétit, sans jamais juger, sans jamais mettre les choses dans des cases. Lui, ce qui l'intéressait, c'étaient les gens, c'était ce qu'on pouvait échanger, apprendre, transmettre.

Sur le plateau du *Grand Échiquier*, ça se retrouvait dans chaque émission. Quand il interviewait, il savait être silencieux au bon moment, laisser l'autre vraiment parler. Il croyait en chacun, pensait qu'on pouvait tous montrer le meilleur de nous-mêmes. Il disait qu'il ne fallait pas donner au public ce qu'il aimait déjà, mais l'emmener ailleurs, lui faire découvrir autre chose. Cette idée, je la garde précieusement, elle me guide souvent.

Avec Jacques, j'ai compris l'importance de faire confiance, de transmettre, d'oser la rencontre entre des mondes qui, au départ, ne se côtoyaient pas toujours. Il restera pour moi le symbole de la télé ouverte, bienveillante, celle qui donne envie de se cultiver et de s'émerveiller, ensemble. C'est pour cela qu'avec Martine, Marie-Alix et Gautier, et grâce au soutien de Delphine Ernotte, Stéphane Sitbon-Gomez et Michel Field, nous continuons de faire vivre l'esprit et la gourmandise de Jacques dans le *Grand Échiquier* sur France Télévisions.

Jacques Chancel et Jean-Claude Casadesus sur le plateau de l'émission dédiée à l'Orchestre philharmonique de Lille.

Toutes les émissions

Toutes les émissions du *Grand Échiquier* ont été réalisées par André Flédérick.

12/01/1972	*Le Grand Échiquier : émission du 12 janvier 1972*
02/02/1972	*Le Grand Échiquier : émission du 2 février 1972*
01/03/1972	*Le Grand Échiquier : émission du 1er mars 1972*
03/05/1972	*Le Grand Échiquier : émission du 3 mai 1972*
12/07/1972	*Le Grand Échiquier : émission du 12 juillet 1972*
02/08/1972	*Le Grand Échiquier : émission du 2 août 1972*
20/09/1972	*Le Grand Échiquier : émission du 20 septembre 1972*
31/10/1972	*Le Grand Échiquier : émission du 31 octobre 1972*
11/12/1972	*Le Grand Échiquier : émission du 11 décembre 1972*
31/12/1972	*Le Grand Échiquier : émission du 31 décembre 1972*
17/01/1973	*Félix Leclerc*
21/02/1973	*Guy Béart*
14/03/1973	*Raymond Devos*
11/04/1973	*Serge Reggiani*
09/05/1973	*Jacques Brel*
13/06/1973	*Juliette Gréco*
11/07/1973	*Claude Nougaro*
12/09/1973	*Serge Lama*
10/10/1973	*Un soir avec Yves Montand*
21/11/1973	*Marcel Mouloudji*
12/12/1973	*Joan Baez*
31/12/1973	*Le Grand Échiquier 73-74*
16/01/1974	*Serge Reggiani*
06/03/1974	*Brassens ou la continuité*
13/03/1974	*Les Couleurs du temps : Guy Béart*
10/04/1974	*Bécaud demain*
22/05/1974	*Un soir à l'Opéra de Monte-Carlo*
12/06/1974	*Une soirée avec Alexis Weissenberg : les notes de la vie*
17/07/1974	*Soirée d'adieux de Louis Seigner à la Comédie-Française*
18/09/1974	*Mario Del Monaco, Claude Nougaro, Marcel Mouloudji, Gustave Thibon, les Quilapayún*
16/10/1974	*Catherine Sauvage, Luciano Pavarotti, Jean Brissé Saint-Macary, Alan Stivell*
24/12/1974	*L'Échiquier de Noël*
27/02/1975	*Rencontre avec Gilles Vigneault*
27/03/1975	*Un bout de chemin avec Yehudi Menuhin*
24/04/1975	*Une soirée en trois temps : György Cziffra, Plácido Domingo et Kathy Dee*
29/05/1975	*Quelques voix du monde*
26/06/1975	*Le Chant de Léo Ferré*
10/07/1975	*À propos de la fête*
28/08/1975	*Un soir à la télévision*
25/09/1975	*Lionel Hampton*
30/10/1975	*Sur les pas de Félix Leclerc*
27/11/1975	*La Longue Marche de Lama*
25/12/1975	*Musique de toujours et de partout*
29/01/1976	*Maurice Genevoix : le miracle de vivre*
26/02/1976	*Le Monde de Claude Nougaro*
25/03/1976	*Le Printemps des jeunes*
29/04/1976	*Les Gens de nulle part*
27/05/1976	*Jerry Lewis*
24/06/1976	*À la recherche de Jean Bernard*
15/07/1976	*L'Orchestre du Capitole de Toulouse de Michel Plasson*
26/08/1976	*Rétrospective de l'émission de 1972 à 1976*
30/09/1976	*Comme une eau qui coule : la harpiste Lily Laskine*
28/10/1976	*Robert Charlebois*
25/11/1976	*György Cziffra, vingt ans après*
30/12/1976	*Arthur Rubinstein, quatre-vingt-dix ans après*
24/02/1977	*En direct de la cour du Danemark*
31/03/1977	*Deux comédiens dans le siècle : Jean-Louis Barrault et Madeleine Renaud*
30/06/1977	*Brésils*
28/07/1977	*Yvonne Lefébure*
25/08/1977	*Il y a toujours un après...*
29/09/1977	*Zizi Jeanmaire et Roland Petit*
27/10/1977	*Nicole Croisille et Bernard Haller*
24/11/1977	*Yehudi Menuhin*
28/12/1977	*Alain Lombard et l'Orchestre philharmonique de Strasbourg*
26/01/1978	*Le Retour de Stéphane Grappelli*
23/02/1978	*Autour de Julien Clerc*
30/03/1978	*Bonsoir Monsieur Trenet*
27/04/1978	*Robert Hossein*
25/05/1978	*Printemps 78 : ceux de trente ans*
24/06/1978	*Herbert von Karajan et l'Orchestre philharmonique de Berlin*
27/07/1978	*Henryk Szeryng*
31/08/1978	*Trois temps pour un Échiquier*
28/09/1978	*Pierre Seghers*
30/11/1978	*Claude Manceron, l'homme de la liberté*
28/12/1978	*L'Opéra de Paris*
25/01/1979	*Le Petit Chemin de Mireille*
29/03/1979	*Jean-Pierre Wallez*
26/04/1979	*Cinq ans après : Alexis Weissenberg*
31/05/1979	*Une soirée avec Lino*
21/06/1979	*Lorin Maazel, l'Orchestre national de France et ses Chœurs*
26/07/1979	*En direct de Dubrovnik*
30/08/1979	*Lorsque les techniciens font leur programme*
27/09/1979	*Guy Bedos*
25/10/1979	*Yves Duteil et les dix plus belles chansons du siècle*
29/11/1979	*1960-1980 : vingtième anniversaire de la Fondation de la vocation avec Marcel Bleustein-Blanchet*
27/12/1979	*Le Joyeux Thierry : un soir avec Thierry Le Luron*
31/01/1980	*Ce que vous dit François Périer*
28/02/1980	*Un soir en France avec le groupe Quilapayún*
27/03/1980	*La Queste de Gilles Vigneault*
24/04/1980	*Le Petit Soir de Cavanna*
29/05/1980	*Les Vingt Ans de Maurice Béjart*

26/06/1980 *Jean-Claude Casadesus et l'Orchestre philharmonique de Lille*
24/07/1980 *Enrico Macias : lui-même et... quelqu'un d'autre*
28/08/1980 *Trois de la musique*
25/09/1980 *Charles Aznavour*
23/10/1980 *Une grande dame de trois cents ans : la Comédie-Française*
27/11/1980 *Maurice André ou l'ascension d'un mineur*
25/12/1980 *Jean-Loup Dabadie, enfant prodige*
29/01/1981 *Tino Rossi*
26/02/1981 *Il est 20 h 30... Dutronc s'éveille*
26/03/1981 *Marie-Paule Belle : pourquoi pas la fête ?*
30/04/1981 *Les Mondes du commandant Cousteau*
28/05/1981 *Paul Tortelier... en famille*
25/06/1981 *Serge Baudo et l'Orchestre de Lyon*
30/07/1981 *Annie Girardot*
27/08/1981 *Les Jeunesses musicales de France*
24/09/1981 *Ruggero Raimondi*
29/10/1981 *Trois reines pour un Échiquier : Katia et Marielle Labèque et Barbara Hendricks*
26/11/1981 *Guy Béart*
27/01/1982 *Ensemble... Frédéric Dard et San-Antonio*
31/03/1982 *Angelo Branduardi*
21/04/1982 *Philippe Entremont et l'Orchestre de chambre de Vienne*
19/05/1982 *François Truffaut : les femmes et les enfants d'abord*
30/06/1982 *Étienne Vatelot ou l'âme des violons*
28/07/1982 *Jacques Laffite ou la vraie vie*
25/08/1982 *Un soir à Budapest*
20/09/1982 *Orchestre et Chœurs du Théâtre national de l'Opéra de Paris*
18/10/1982 *Michel Sardou : ceux qui font le spectacle*
15/11/1982 *Jean-Pierre Rampal : une flûte en or massif*
24/12/1982 *Édith, Marcel et Claude*
17/01/1983 *Michel Hidalgo : tir au but*
21/02/1983 *Pierre Amoyal, Emmanuel Krivine et le Nouvel Orchestre philharmonique*
21/03/1983 *C'est le printemps*
18/04/1983 *François-René Duchâble et Patrick Segal*
23/05/1983 *L'École de danse, le Ballet et les Étoiles de l'Opéra de Paris*
20/06/1983 *En direct du Théâtre de l'Est Parisien*
18/07/1983 *Cent musiciens et un chef : Roberto Benzi et l'Orchestre de Bordeaux-Aquitaine*
15/08/1983 *Quelques moments de l'Échiquier*
19/09/1983 *Les Cent Ans de l'Alliance française*
10/10/1983 *Cocteau vivant*
21/11/1983 *Plácido Domingo*
19/12/1983 *Folon en liberté*
23/01/1984 *Claude Brasseur*
20/02/1984 *Michel Legrand et son grand orchestre*
19/03/1984 *Julia Migenes ou les multiples visages de Carmen*
16/04/1984 *Philippe Chatrier : le sport et la vie*
28/05/1984 *Les 150 musiciens de l'Orchestre de l'Institut Curtis de Philadelphie*
25/06/1984 *Daniel Barenboim et l'Orchestre de Paris à New York*
23/07/1984 *Moments choisis*
17/09/1984 *Katia, Marielle, Yo-Yo, Gidon, John... et les autres*
15/10/1984 *Gérard Oury*
19/11/1984 *Jessye Norman, la grande dame*
17/12/1984 *Premiers de cordée*
21/01/1985 *Serge Lama : les battants*
18/02/1985 *Ivry Gitlis : l'âme et la corde*
25/03/1985 *La Danse ou Dupond avec deux D*
15/04/1985 *L'Irrésistible Ascension de Michel Jonasz*
20/05/1985 *Alexis Weissenberg ou l'exigence de la liberté*
17/06/1985 *Un soir au Québec*
19/08/1985 *Carnet de notes*
08/09/1985 *Bernard Hinault*
22/09/1985 *Raymond Devos ou l'éloge de la folie*
06/10/1985 *Augustin Dumay*
20/10/1985 *Bernard-Henri Lévy*
03/11/1985 *Michel Berger*
17/11/1985 *Le Brésil de Jorge Amado*
08/12/1985 *Des violons sur les toits : Étienne Vatelot*
22/12/1985 *Luciano Pavarotti*
15/01/1986 *Notre préférence : Julien Clerc*
12/02/1986 *Vladimir Ashkenazy*
12/03/1986 *La Rentrée de Charles Aznavour*
09/04/1986 *L'Orchestre national de France*
15/05/1986 *Spécial Festival de Cannes*
11/06/1986 *Barbara Hendricks*
24/09/1986 *Toute la musique pour l'arbre de vie*
15/10/1986 *Yo-Yo Ma*
26/11/1986 *Alain Prost : champion d'accord mais... après !*
24/12/1986 *Les Nuits du bout du monde*
21/01/1987 *Henri Salvador : chantons français !*
18/02/1987 *Chirurgie à quatre mains : Judet et Vilain*
11/03/1987 *Régine*
15/04/1987 *Les Soleils du printemps*
20/05/1987 *Rostropovitch à Évian*
22/07/1987 *Arthur Rubinstein ou la volonté du bonheur*
09/09/1987 *Jean d'Ormesson, un homme du monde*
28/10/1987 *Maurice André*
18/11/1987 *La Longue Marche de Mireille Mathieu*
23/12/1987 *Paris, 22 avenue Montaigne : une nuit à l'École de danse de l'Opéra*
13/01/1988 *Vive la rentrée*
03/02/1988 *Jérôme Savary ou l'irrésistible ascension d'un magicien*
13/04/1988 *Un diamant noir : Shirley Bassey*
11/05/1988 *Israël, quarante ans après*
24/10/1988 *Deux hommes dans le siècle : le commandant Cousteau et Gilbert Bécaud*
28/11/1988 *Montserrat Caballé à Barcelone*
26/12/1988 *Caroline de Monaco*
23/01/1989 *Jacques Delors, demain l'Europe*
27/02/1989 *De Moscou à Léningrad*
27/03/1989 *Julia Migenes*
24/04/1989 *Le Printemps de Béjart*
15/05/1989 *Francis Huster, dix ans avant l'an 2000*
26/06/1989 *Les Jeux de Jean-Claude Killy*
25/09/1989 *Trente ans après : les années 2020*
23/10/1989 *Michel Leeb*
27/11/1989 *Alain Decaux raconte la langue française*
21/12/1989 *Les Fêtes de Ruggero Raimondi*

Crédits

Photographies issues des fonds d'archives de l'INA.

Jean Adda : 15
Claude Doucé : 4-5, 6, 9, 10, 30, 34-35, 38-39, 40, 42-43, 44-45, 46-47, 48, 50-51, 52-53, 54-55, 58-59, 60-61, 62-63, 64, 67, 68-69, 71, 72-73, 75, 76-77, 79, 80-81, 84-85, 86-87, 88-89, 90-91, 92-93, 94-95, 99, 100-101, 104-105, 106-107, 108-109, 110-111, 113, 114-115, 116, 118-119, 120-121, 122-123, 124-125, 126-127, 128-129, 130-131, 132-133, 134-135, 139, 140-141, 142-143, 144-145, 146-147, 149, 150-151, 152-153, 154-155, 156-157, 158-159, 160-161, 162-163, 164-165, 166-167, 168-169, 170-171, 172-173, 174-175, 176, 178-179, 180-181, 182-183, 186-187, 188-189, 190-191, 192-193, 197, 198-199, 200, 216-217, 218, 221
Xavier Gassmann : 201, 202-203
Pierre Guibert : 204-205, 206-207
Claude James : 14, 23, 26-27
Marie-France Laval : 178
Jean-Pierre Leteuil : 12-13, 14
Robert Picard : 184-185, 196, 208-209, 210-211, 213, 214-215
Jean-Claude Pierdet : 19, 20, 194-195

Les documents personnels insérés dans cet ouvrage (conducteurs, correspondances et notes) sont issus des cahiers de travail de Jacques Chancel conservés au service des archives écrites de l'INA :

Cahier du 12 décembre 1973 : 16-17
Cahier du 13 mars 1974 : 21
Cahier du 25 septembre 1975 : 24-25
Cahier du 27 mai 1976 : 28-29
Cahier du 23 février 1978 : 32-33
Cahier du 28 septembre 1978 : 36-37
Cahier du 28 décembre 1978 : 41
Cahier du 26 avril 1979 : 49
Cahier du 31 mai 1979 : 56-57
Cahier du 25 octobre 1979 : 65
Cahier du 26 juin 1980 : 82-83
Cahier du 24 septembre 1981 : 96-97
Cahier du 26 novembre 1981 : 102-103
Cahier du 21 novembre 1983 : 136-137
Cahier du 25 juin 1984 : 148

Les Éditions Flammarion sont investies dans une démarche active pour maîtriser l'empreinte environnementale de leurs parutions. Ainsi, le livre que vous tenez entre vos mains a été imprimé sur des papiers issus de forêts gérées durablement, par un imprimeur engagé dans la protection de l'environnement.

Achevé d'imprimer

FSC www.fsc.org MIXTE Papier | Pour une gestion forestière responsable FSC® C106954